T0179560

PENÉLOPE Y LAS DOCE CRIADAS

Margaret Atwood

PENÉLOPE Y LAS DOCE CRIADAS

Traducción del inglés de
Gemma Rovira Ortega

narrativa
salamandra

Título original: *The Penelopiad*
Primera edición con esta presentación: febrero de 2020

© O.W. Toad Ltd., 2005
Publicado por acuerdo con Canongate Books Ltd., Edimburgo
© 2005, 2020, Penguin Random House Grupo Editorial, S. A. U.
Travessera de Gràcia, 47-49, 08021 Barcelona
© 2005, Gemma Rovira Ortega, por la traducción

Printed in Spain – Impreso en España

ISBN: 978-84-9838-988-3
Depósito legal: B-796-2020

Impreso en Romanyà Valls, S.A.
Sant Llorenç d'Hortons, Barcelona

SM89883

Penguin
Random House
Grupo Editorial

A mi familia

¡Ah feliz hijo de Laertes, Odiseo, pródigo en ardides! En efecto, conseguiste una esposa de enorme virtud. ¡Qué nobles pensamientos tenía la irreprochable Penélope, la hija de Icario, cuando tan bien guardó el recuerdo de Odiseo, su legítimo esposo! Por eso jamás se extinguirá la fama de su excelencia. Los inmortales propondrán a los humanos un canto seductor en honor de la sensata Penélope.

Odisea, canto XXIV

Así dijo, y enlazando la soga de un navío de azulada proa a una elevada columna rodeó con ella la rotonda tensándola a una buena altura, de modo que ninguna llegara con los pies al suelo. Como cuando los tordos de anchas alas o las palomas se precipitan en una red de caza, extendida en un matorral, al volar hacia su nido, y les aprisiona un odioso lecho, así ellas se quedaron colgadas con sus cabezas en fila, y en torno a sus cuellos les anudaron los lazos, para que murieran del modo más lamentable. Agitaron sus pies un rato, pero no largo tiempo.

Odisea, canto XXII

Prólogo

La historia del regreso de Odiseo al reino de Ítaca tras veinte años de ausencia ha llegado a nosotros principalmente a través de la *Odisea* de Homero. El poeta afirma que Odiseo pasó la mitad de esos años combatiendo en la guerra de Troya y la otra mitad vagando por el mar Egeo tratando de volver a su tierra natal, soportando penalidades, combatiendo monstruos o escapando de ellos y acostándose con diosas. El célebre personaje de Odiseo, «pródigo en ardides», es descrito como un maestro de la persuasión y un artista del disfraz, un hombre que vive de su ingenio, que urde estrategias y artimañas y en ocasiones incluso se pasa de listo. Su divina protectora es Palas Atenea, una diosa que admira su extraordinario ingenio.

La *Odisea* describe a Penélope —hija de Icario de Esparta y prima de la hermosa Helena de Troya— como la esposa fiel por excelencia, una mujer de gran inteligencia y lealtad a toda prueba que, además de llorar y rezar por el regreso de su esposo, engaña astutamente a los numerosos pretendientes que pululan por el palacio y consumen los bienes de Odiseo con objeto de obligarla a casarse con uno de ellos. Penélope no se limita a hacerles falsas promesas, sino que teje durante el día un sudario que desteje por la noche, aplazando la elección del pretendiente hasta haber terminado su labor. La *Odisea* también aborda los problemas de Penélope con su hijo adolescente, Telémaco, que se ha propuesto plantar cara no sólo a los molestos y peligrosos pretendientes, sino también a su propia madre. La obra termina cuando Odiseo y Telémaco dan muerte a los pretendientes, hacen ahorcar a doce criadas que se acostaban con ellos y el héroe se reencuentra por fin con su fiel esposa.

Sin embargo, la *Odisea* de Homero no es la única versión de la historia: en su origen, el mito era oral y local (los mitos se contaban de forma completamente distinta en diferentes lugares). Así pues, he tomado material de otras fuentes, sobre todo en relación con los orígenes de Penélope, los primeros años de su vida y su matrimonio y los escandalosos rumores que circulaban sobre ella.

Me he decantado por dejar que fueran Penélope y las doce criadas quienes contaran la historia. Las criadas forman un coro que canta y recita centrándose en dos preguntas que cualquier lector se plantearía tras una lectura mínimamente atenta de la *Odisea*: ¿por qué las han ahorcado? y ¿qué buscaba Penélope en realidad? La historia tal como se cuenta en la *Odisea* no se sostiene: hay demasiadas incongruencias. Siempre me han perseguido esas criadas ahorcadas y, en este libro, también persiguen a Penélope.

1

Un arte menor

«Ahora que estoy muerta lo sé todo», esperaba poder decir, pero como tantos otros de mis deseos ése no se hizo realidad. Sólo sé unas cuantas patrañas que antes no sabía. Huelga decir que la muerte es un precio demasiado alto para satisfacer la curiosidad.

Desde que estoy muerta —desde que alcancé este estado en que no existen huesos, labios, pechos...— me he enterado de algunas cosas que preferiría no saber, como ocurre cuando escuchas pegado a una ventana o abres una carta dirigida a otra persona. ¿Creéis que os gustaría poder leer el pensamiento? Pensadlo dos veces.

Aquí abajo todo el mundo llega con un odre como los que se usan para guardar los vientos, pero cada uno de esos odres está lleno de palabras: palabras que has pronunciado, palabras que has oído, palabras que se han dicho sobre ti. Algunos odres son muy pequeños y otros más grandes; el mío es de tamaño mediano, aunque muchas de las palabras que contiene se refieren a mi ilustre esposo. Dicen que me vio la cara de tonta. Ésa era una de sus especialidades: engañar a la gente. Siempre se salía con la suya. Otra de sus especialidades era escabullirse.

Era sumamente convincente. Muchos dan por auténtica su versión de los hechos, salvo quizá por algún asesinato, alguna beldad seductora, algún monstruo de un solo ojo. Hasta yo le creía, a veces. Sabía que mi esposo era astuto y mentiroso, pero no esperaba que me hiciera jugarretas ni me contara mentiras. ¿Acaso yo no había sido fiel? ¿No había esperado y esperado pese a la tentación —casi la inclinación— de hacer lo contrario? ¿Y en qué me convertí cuando ganó terreno la versión oficial? En una leyenda edificante: un palo con el que pegar a otras mujeres. ¿Por qué no podían ellas ser tan consideradas, tan dignas de confianza, tan sacrificadas como yo? Ésa fue la interpretación que eligieron los rapsodas, los contadores de historias. «¡No sigáis mi ejemplo!», me gustaría gritaros al oído. ¡Sí, a vosotras! Pero cuando intento gritar parezco una lechuza.

Desde luego, tenía sospechas: de su sagacidad, de su astucia, de su zorrería, de su... ¿cómo explicarlo?, de su falta de escrúpulos. Pero hacía la vista gorda. Mantenía la boca cerrada y si la abría era para elogiarlo. No lo contradecía, no le planteaba preguntas incómodas, no le exigía detalles. En aquella época me interesaban los finales felices y éstos se obtienen manteniendo cerradas determinadas puertas y echándose a dormir cuando las cosas se salen de madre.

Sin embargo, cuando los principales acontecimientos habían quedado atrás y las cosas habían perdido su aire de leyenda, me di cuenta de que mucha gente se reía a mis espaldas. Se burlaban de mí y hacían chistes de todo tipo, inocentes y groseros; si contaban una historia, o varias, sobre mí, no lo hacían de la manera en que me hubiera gustado escucharla. ¿Qué puede hacer una mujer cuando se difunden por el mundo chismes escandalosos sobre ella? Si se defiende, parece que reconozca su culpabilidad, así que decidí esperar un poco más.

Ahora que todos los demás se han quedado ya sin aliento, me toca a mí contar lo ocurrido. Me lo debo a mí misma. No ha sido fácil decidirme: la narración de historias es un arte de muy baja estofa. Tan sólo les gusta a las ancianas, los vagabundos, los cantores ciegos, las sirvientas, los niños: gente a la que le sobra el tiempo. En otra época se habrían reído ante mis pretensiones de aedo, pues no hay nada más ridículo que un aristócrata metido a artista. Pero, a estas alturas, ¿a quién le importa la opinión de la gente? ¿Qué valor podría tener lo que opinan los que están aquí abajo: la opinión de las sombras, de los ecos? Así que tejeré mi propia trama.

El inconveniente es que no tengo boca para hablar. No puedo hacerme entender en vuestro mundo, el mundo de los cuerpos, las lenguas y los dedos; y la mayor parte del tiempo no hay nadie que me escuche en vuestra orilla del río. Si alguno de vosotros alcanza a oír algún susurro, algún chillido, quizá confunda mis palabras con el ruido de los juncos secos agitados por la brisa, con el de los murciélagos al anochecer, con una pesadilla.

Pero siempre he sido una mujer decidida. Paciente, decían. Me gusta ver las cosas acabadas.

15

2

Coro:
Canción de saltar a la cuerda

somos las criadas
que tú mataste
que tú traicionaste

quedamos agitando
colgados en el aire
nuestros desnudos pies

tú te desahogabas
con diosas y rcinas
con que te cruzabas

nosotras ¿qué hicimos?
menos que tú
fuiste muy injusto

tenías la lanza
tenías la palabra
tenías el poder

tuvimos que limpiar
de mesas y escaleras
de puertas y sillas

de suelos la sangre
de nuestros amantes
mojadas las rodillas

tú contemplabas
con harto placer
nuestros desnudos pies

gozabas nuestro miedo
alzaste la mano
nos viste caer

colgando los pies
colgando traicionadas
colgando asesinadas

3

Mi infancia

¿Por dónde empezar? Sólo hay dos opciones: hacerlo por el principio o no hacerlo por el principio. El verdadero principio sería el principio del mundo, después de lo cual una cosa ha llevado a la otra, pero como sobre eso hay diversidad de opiniones empezaré por mi nacimiento.

Mi padre era el rey Icario de Esparta; mi madre, una náyade. En aquella época, hijas de náyades las había a montones: uno se las encontraba por todas partes. Sin embargo, nunca va mal tener orígenes semidivinos, al menos en teoría.

Siendo yo todavía muy pequeña, mi padre ordenó que me arrojaran al mar. Mientras viví, nunca supe por qué lo había hecho, pero ahora sospecho que un oráculo debió de predecirle que yo tejería su sudario. Seguramente pensó que si me mataba él a mí primero, ese sudario nunca llegaría a tejerse y, por tanto, él viviría eternamente. Ya imagino cuáles debieron de ser sus razonamientos. Si fue el caso, su deseo de ahogarme habría surgido de un comprensible afán de protegerse. Pero debió de oírlo mal, o quizá fuera el oráculo el que oyó mal —los dioses suelen hablar entre dientes—, porque no se trataba del sudario de mi padre, sino del de mi suegro. Si ésa fue la profecía era cierta y, desde luego, tejer ese otro sudario me vino muy bien más adelante.

Tengo entendido que ahora ya no está de moda enseñar oficios a las niñas, pero por fortuna no ocurría lo mismo en mi época: siempre resulta útil tener las manos ocupadas. De ese modo, si alguien hace un comentario inapropiado puedes fingir que no lo has oído y así no tienes que contestar.

Pero quizá esta idea mía de la profecía del sudario pronunciada por el oráculo carezca de fundamento. Quizá simplemente la inventé para sentirme mejor. Se oyen tantos murmullos en las oscuras cavernas y los prados que a veces cuesta discernir si proceden del exterior o suenan dentro de tu propia cabeza. Digo «cabeza» en sentido figurado: aquí abajo nadie tiene cabeza.

El caso es que me arrojaron al mar. ¿Que si me acuerdo de las olas cerrándose sobre mí, de cómo mis pulmones se quedaban sin aire y del sonido de campanas que al parecer oyen los ahogados? No, no me acuerdo de nada, pero me lo contaron: siempre hay alguna sirvienta, alguna esclava, alguna anciana nodriza o alguna entrometida dispuesta a obsequiar a un niño con el relato de las cosas espantosas que le hicieron sus padres cuando era demasiado pequeño para recordarlo. Oír esta desalentadora anécdota no mejoró mi relación con mi padre. Es a ese episodio —o, mejor dicho, al conocimiento de ese episodio— que atribuyo mi prudencia, así como mi desconfianza respecto a las intenciones de la gente.

Sin embargo, Icario cometió una estupidez al intentar ahogar a la hija de una náyade: por derecho de nacimiento, el agua es nuestro elemento. Aunque no somos tan buenas nadadoras como nuestras madres, flotamos con facilidad y tenemos buenos contactos entre los peces y las aves marinas. Una bandada de patos salvajes vino a rescatarme y me llevó hasta la orilla. Tras un presagio así, ¿qué podía hacer mi padre? Me acogió de nuevo y me cambió el nombre: pasé a llamarme Patita. Sin duda se sentía culpable por lo que había estado a punto de hacerme, pues se volvió sumamente cariñoso conmigo.

Corresponder a ese afecto me resultaba difícil. Imaginaos: iba paseando de la mano de mi presuntamente amoroso padre por el borde de un acantilado, por la orilla de un río o por un parapeto y de pronto se me ocurría que quizá él decidiera de improviso arrojarme al vacío o golpearme con una piedra hasta matarme. En esas circunstancias, mantener una apariencia de tranquilidad suponía todo un reto para mí. Después de aquellas excursiones me retiraba a mi habitación y lloraba a mares. (También debo deciros que el llanto excesivo es una discapacidad de los hijos de las náyades: pasé como mínimo una cuarta parte de mi vida terrenal deshaciéndome en lágrimas. Afortunadamente, en mi época llevábamos velo, muy útil para disimular los ojos hinchados y enrojecidos.)

Como todas las náyades, mi madre era hermosa pero fría de corazón. Tenía el cabello ondulado, hoyuelos en las mejillas, una risa cantarina..., y era tremendamente esquiva. De pequeña, muchas veces intentaba abrazarla; sin embargo, ella tenía la costumbre de escabullirse. Me gustaría pensar que fue mi madre la que llamó a aquella bandada de patos, aunque seguramente no fue así: ella prefería nadar en el río antes que cuidar a niños pequeños, y muchas veces se olvidaba de mí. Si mi padre no me hubiera arrojado al mar, quizá lo habría hecho ella misma en un momento de distracción o enfado. Le costaba mantener la atención y cambiaba de humor de un momento a otro.

De lo que os he contado deduciréis que aprendí pronto las ventajas —si es que son tales— de la independencia. Comprendí que tendría que cuidar de mí misma, ya que no podía contar con el apoyo familiar.

4

Coro:
Llanto de las niñas (lamento)

Nosotras también fuimos niñas. Nosotras también tuvimos los padres equivocados: padres pobres, padres esclavos, padres campesinos, padres siervos; padres que nos vendieron o permitieron que nos robaran. Nuestros padres no eran dioses ni semidioses, ni ninfas ni náyades. Empezamos a trabajar en el palacio cuando todavía éramos unas crías; trabajábamos de sol a sol aunque no éramos más que crías. Si llorábamos, nadie nos enjugaba las lágrimas. Si nos quedábamos dormidas, nos despertaban a patadas. Nos decían que no teníamos madre, que no teníamos padre. Nos decían que éramos perezosas. Nos decían que éramos cochinas. Éramos unas cochinas. Las cochinadas eran nuestra preocupación, nuestro tema, nuestra especialidad, nuestro delito. Éramos las niñas cochinas. Si nuestros amos o los hijos de nuestros amos o un noble que estaba de visita o los hijos de un noble que estaba de visita querían acostarse con nosotras, no podíamos negarnos. No servía de nada llorar, no servía de nada decir que estábamos enfermas. Todo eso nos pasó cuando éramos niñas. Si éramos bonitas, la vida era aún peor. Pulíamos el suelo de las salas donde se celebraban espléndidos banquetes de boda y luego nos comíamos las sobras; nosotras jamás tendríamos banquete de boda, nadie ofrecería valiosos regalos por nosotras: nuestros cuerpos tenían muy poco valor. Pero también queríamos bailar y cantar, también queríamos ser felices. Conforme crecíamos, nos volvíamos cada vez más refinadas y esquivas: íbamos aprendiendo las artes de la seducción. Todavía niñas, meneábamos las caderas, acechábamos, guiñábamos el ojo, alzábamos una ceja; quedábamos con los chicos detrás de las pocilgas, tanto si eran nobles como si no. Nos revolcábamos en la paja, en el barro, en el estiércol, en los lechos de suave vellón que estábamos preparando para nuestros amos. Apurábamos el vino que quedaba en las copas. Escupíamos en las bandejas. Entre el reluciente salón y la oscura antecocina nos atiborrábamos de carne. Por la noche, reunidas en nuestro desván, reíamos a carcajadas. Robábamos cuanto podíamos.

5

Asfódelos

Esto está muy oscuro, como muchos han señalado. «La oscura muerte», solían decir; «las sombrías moradas de Hades», etcétera. Bueno, sí, está oscuro, pero eso tiene sus ventajas. Por ejemplo: si ves a alguien con quien preferirías no hablar, siempre puedes fingir que no lo has reconocido.

Y está el prado de asfódelos, claro. Si una quiere, puede pasear por allí. Hay más luz e incluso algunas danzas insulsas, aunque la región no es tan bonita como su nombre podría sugerir. «Prado de asfódelos» suena muy poético, pero imaginaos: asfódelos, asfódelos, asfódelos... Son unas flores blancas muy bonitas, pero al cabo del tiempo es fácil cansarse de ellas. Habría sido preferible introducir cierta variedad: una gama más amplia de colores, unos cuantos senderos sinuosos, miradores, bancos de piedra y fuentes. Personalmente, habría preferido unos cuantos jacintos, como mínimo, ¿y habría sido pedir demasiado algún azafrán en primavera? También es verdad que aquí nunca es primavera, ni ninguna otra estación. A saber quién diseñó este sitio.

¿He mencionado que para comer sólo hay asfódelos?

Pero no debería quejarme.

Las grutas más oscuras tienen más encanto: si encuentras a algún granujilla por allí (un carterista, un agente de bolsa, un proxeneta de poca monta), puedes mantener conversaciones interesantes. Como muchas jóvenes modélicas, siempre me sentí secretamente atraída por hombres así.

De todos modos, no frecuento los niveles muy profundos: allí es donde se castiga a los verdaderamente infames, aquellos a los que no se atormentó lo suficiente en vida. Los gritos son insoportables, aunque se trata de tortura psicológica, puesto que ya no tenemos cuerpo. Lo que más les gusta a los dioses es hacer aparecer banquetes —enormes fuentes de carne, montones de pan, racimos de uvas— y luego hacerlos desaparecer. Otra de sus bromas favoritas consiste en obligar a la gente a empujar rocas enormes por empinadas laderas. A veces me entran unas ganas locas de bajar allí: quizá eso me ayudaría a recordar lo que era tener hambre de verdad, lo que era estar cansado de verdad.

En ocasiones, la niebla se disipa y podemos echar un vistazo al mundo de los vivos. Es como pasar la mano por el cristal de una ventana sucia para mirar a través de él. A veces la barrera se desvanece y podemos salir de excursión. Cuando eso ocurre, nos emocionamos mucho y se oyen numerosos chillidos.

Esas excursiones pueden tener lugar de diversas maneras. En otros tiempos, cualquiera que quisiera consultarnos algo le cortaba el cuello a una oveja, una vaca o un cerdo y dejaba que la sangre fluyera hacia una zanja excavada en la tierra. En cuanto la olíamos, acudíamos derecho hacia allí por miles, como moscas a la miel, gorjeando y revoloteando, como si el contenido de una papelera gigantesca hubiera sido arrastrado por un torbellino de aire. El supuesto héroe de turno desenvainaba la espada y nos mantenía a raya hasta que aparecía aquel a quien quería consultar, y entonces este último lanzaba algunas profecías vagas (aprendimos a enunciarlas con vaguedad: ¿por qué contarlo todo? Necesitábamos que vinieran a buscar más con otras ovejas, vacas, cerdos, etcétera).

Cuando el héroe había escuchado el número conveniente de palabras, nos dejaba beber a todos de la zanja, y no puedo decir que, en tales ocasiones, los modales que exhibíamos fueran dignos de elogio. Había codazos y empujones; sorbíamos ruidosamente y la sangre nos teñía la barbilla de rojo. Sin embargo, era fabuloso sentir el plasma circulando de nuevo por nuestras inexistentes venas aunque fuera sólo un instante.

También podíamos aparecernos en sueños, aunque eso no era tan satisfactorio. Luego estaban los que se quedaban atrapados al otro lado del río porque no les habían hecho el funeral adecuado. Vagaban tremendamente compungidos; no estaban ni aquí ni allá y podían causar muchos problemas.

Y entonces, tras cientos, quizá miles de años —aquí es fácil perder la noción del tiempo porque el tiempo en realidad no existe—, las costumbres cambiaron. Los vivos ya casi nunca descendían al inframundo y nuestra morada quedó eclipsada por creaciones mucho más espectaculares: fosos abrasadores, gemidos y castañeteo de dientes, gusanos voraces, demonios con tridentes... Un sinnúmero de efectos especiales.

Pese a todo ello, de tanto en tanto nos invocaban magos, hechiceros y, en general, personas que habían pactado con los poderes infernales, además de otros sujetos de poca monta: videntes, médiums, espiritistas, gente de esa calaña. Todo eso era degradante —¡tener que aparecerse dentro de un círculo de tiza o en un salón tapizado con terciopelo sólo porque a alguien se le antojaba contemplarte embobado!—, pero a la vez nos permitía estar al corriente de lo que ocurría entre los vivos. A mí me interesó mucho la invención de la bombilla, por ejemplo, y las teorías sobre la conversión de la materia en energía del siglo XX. Más recientemente, algunos hemos conseguido infiltrarnos en el nuevo sistema de ondas etéreas que envuelven el planeta y viajar de ese modo: asomándonos al mundo desde las superficies planas e iluminadas que hacen de altares domésticos. Quizá fuera así como los dioses se las ingeniaban para ir y venir tan deprisa en otros tiempos: debían de tener algo parecido a su disposición.

A mí, los magos no me invocaban mucho. Sí, era famosa —preguntad a quien queráis—, pero por algún extraño motivo no querían verme. En cambio, mi prima Helena estaba muy solicitada. Era injusto: yo no era célebre por haber hecho nada malo, menos aún en el terreno sexual, mientras que ella tenía muy mala reputación. Ciertamente, Helena era muy hermosa. Se decía que había salido de un huevo, pues Zeus había adoptado la forma de un cisne para violar a su madre. El caso es que ella se lo tenía muy creído, aunque es imposible saber cuántos nos tragábamos de verdad ese cuento de la violación del cisne. En aquella época circulaban muchas historias de ese tipo; por lo visto, los dioses no podían quitarles las manos, las patas o los picos de encima a las hembras mortales y siempre estaban violando a alguna.

En fin, los magos insistían en ver a Helena y ella siempre estaba dispuesta a complacerlos. Ver a un montón de hombres contemplándola boquiabiertos era como volver a los viejos tiempos. A ella le gustaba aparecer con uno de sus atuendos troyanos, demasiado recargados para mi gusto, pero *chacun à son goût*. Se volvía poco a poco, luego inclinaba la cabeza sin quitarle los ojos de encima a quien fuera que la hubiera invocado, le dedicaba una de sus sonrisas íntimas marca de la casa y ya lo tenía en el bote. O adoptaba la forma en que se mostró a su ultrajado esposo, Menelao, cuando Troya ardía y él estaba a punto de clavarle la espada de la venganza: sólo tuvo que descubrir uno de sus incomparables pechos y él se arrodilló y se puso a babear y a suplicar que volviera con él.

En cuanto a mí..., bueno, todos me decían que era hermosa: tenían que decírmelo porque era una princesa y poco después me convertí en reina, pero la verdad es que, aunque no era fea ni deforme, tampoco era nada del otro mundo. Eso sí, era inteligente; muy inteligente, si consideramos la época en que me tocó vivir. Por lo visto, era conocida por eso: por mi inteligencia..., y por mi labor, y por mi fidelidad a mi esposo, y por mi prudencia.

29

Si vosotros fuerais magos y estuvierais tonteando con las artes oscuras y arriesgando vuestra alma, ¿invocaríais a una esposa sencilla aunque inteligente, buena tejedora, que nunca ha cometido pecado alguno, en lugar de a una mujer que ha vuelto locos de lujuria a cientos de hombres y ha provocado que una gran ciudad arda?

Yo tampoco.

Me gustaría saber por qué Helena no recibió ningún castigo. A otros, por delitos mucho menores los estrangulaban serpientes marinas, se ahogaban en tempestades, se convertían en arañas, les disparaban flechas. Por comerse determinada vaca. Por presumir. Por cosas de ese estilo. Lo normal habría sido que Helena hubiera recibido una buena azotaina, como mínimo, después de todo el daño y sufrimiento que causó a tantísima gente. Pero no fue el caso.

Y no es que me importe.

Ni que me importara entonces.

Había otras cosas en mi vida que requerían mi atención.

Lo cual me lleva al tema de mi boda.

6

Mi boda

La mía fue una boda planeada. Así se hacían las cosas en aquellos tiempos: si había boda, había un plan. Y no me refiero a los preparativos, a la necesidad de aprontar los trajes de los novios, los adornos florales, el banquete o la música. Por supuesto, en mi boda todo se preparó con tiempo y a conciencia: ¿quién querría una boda improvisada, ni siquiera hoy en día? Sin embargo, me refiero a un plan mucho más retorcido.

Según las antiguas normas, sólo la gente importante celebraba bodas porque sólo ellos tenían heredades. Todo lo demás eran simples cópulas de diversos tipos: violaciones o seducciones, romances o aventuras de una noche con dioses que decían ser pastores o pastores que decían ser dioses. De vez en cuando también alguna diosa tenía sus escarceos adoptando forma humana, pero en esos casos la recompensa que recibía el hombre era una vida corta y, a menudo, una muerte violenta. La inmortalidad y la mortalidad no se llevaban bien: eran fuego y lodo, sólo que siempre ganaba el fuego.

Los dioses nunca eran reacios a organizar un buen lío. De hecho, les encantaba. Ver a algún mortal con los ojos friéndose en las cuencas por una sobrecarga de sexo divino les hacía reír a carcajadas. Los dioses tenían algo de infantiles y de crueles. Ahora puedo decirlo porque ya no tengo cuerpo: estoy por encima de esa clase de sufrimiento. Y de todos modos los dioses no me oyen; que yo sepa, se han ido a dormir. En vuestro mundo ya nadie recibe visitas de los dioses como antes, a menos que se haya drogado.

¿Por dónde iba? Ah, sí. Las bodas. Las bodas servían para tener hijos, y los hijos no eran juguetes ni mascotas: eran vehículos para trasladar bienes. Esos bienes podían ser reinos, valiosos regalos de boda, historias, rencores, enemistades familiares. Mediante los hijos se forjaban alianzas, mediante los hijos se vengaban agravios. Tener un hijo equivalía a liberar una fuerza en el mundo.

Si tenías un enemigo, lo mejor que podías hacer era matar a sus hijos, aunque fueran recién nacidos. En caso contrario crecerían e irían a por ti. Si no te sentías capaz de matarlos, podías disfrazarlos y enviarlos lejos, o venderlos como esclavos, pero mientras siguieran con vida supondrían un peligro para ti.

Si en vez de hijos tenías hijas, debías criarlas deprisa para que te dieran nietos: cuantos más varones dispuestos a empuñar espadas y arrojar lanzas hubiera en tu familia, mejor, porque todos los linajudos de los alrededores estarían esperando un pretexto para atacar al rey o a algún otro noble y robarle todo lo que pudieran, seres humanos incluidos. La debilidad de alguien que ostentaba un puesto de poder era una oportunidad para otras personas, de modo que los reyes y los nobles necesitaban toda la ayuda que pudieran obtener.

Así pues, era evidente que, llegado el momento, había que arreglar un matrimonio para mí.

En la corte de mi padre, el rey Icario, conservaban todavía la antigua tradición de celebrar certámenes para decidir quién se casaría con una mujer de noble cuna a la que, por así decirlo, sacaban a subasta. Al vencedor de la competición se le entregaba la chica en matrimonio. Se esperaba que permaneciera en el palacio del suegro y aportara su cuota de hijos varones. Mediante la boda, obtenía riquezas: copas de oro, cuencos de plata, caballos, túnicas, armas y demás cacharros que se valoraban muchísimo entonces, cuando yo vivía. Incluso su propia familia tenía que regalarle un montón de cacharros.

Hablo de «cacharros» porque sé dónde acababa la mayor parte de todo aquello: acumulando polvo y moho por los rincones, hundido en el fondo del mar, roto o fundido. Otra parte terminó en enormes palacios que, curiosamente, no habitan reyes ni reinas, sino que recorren interminables procesiones de gente vestida sin ninguna elegancia que contempla las copas de oro y los cuencos de plata que ya ni siquiera se usan y luego va a una especie de mercado que hay dentro del palacio a comprar fotografías de esas mismas cosas, o versiones en miniatura que no son de oro y plata verdaderos. Por eso digo «cacharros».

Según la tradición, era a la familia de la novia a quien correspondía conservar en su palacio la enorme pila del reluciente botín nupcial. Quizá por eso mi padre se encariñó tanto conmigo después de fracasar en su intento de ahogarme en el mar: porque, donde estuviera yo, habría un tesoro.

(Pero ¿por qué me arrojó al mar? La pregunta todavía me atormenta. Pese a que la explicación del sudario no me satisface del todo, nunca he logrado dar con una respuesta inequívoca, ni siquiera aquí abajo. Cada vez que veo a mi padre a lo lejos, paseando entre los asfódelos, e intento alcanzarlo, se escabulle como si no quisiera dar la cara.

A veces pienso que quizá me ofreció en sacrificio al dios del mar, famoso por su sed de vidas humanas. De ser cierto, aquellos patos me rescataron sin que mi padre interviniera. Supongo que mi padre podría argumentar que él había cumplido su parte del trato, si es que era un trato, y que no había hecho trampas, y que, si el dios del mar no había podido llevarme al fondo y devorarme, pues mala suerte.

Cuanto más pienso en esta versión de los hechos, más me agrada: tiene sentido.)

Imaginadme, pues, como una muchacha inteligente, aunque no excesivamente hermosa, en edad de merecer (unos quince años). Supongamos que estoy mirando por la ventana de mi habitación —situada en el segundo piso del palacio— hacia el patio, donde están reuniéndose los contendientes: jóvenes que aspiran a mi mano y están dispuestos a competir.

No miro abiertamente por la ventana, por supuesto. No planto los codos en el alféizar como una criada y me pongo a otear con descaro. No: miro con disimulo, desde detrás de mi velo y de las colgaduras. No estaría bien que todos esos jóvenes ligeros de ropa vieran mi rostro descubierto. Las mujeres del palacio me han emperifollado lo mejor que han podido, los aedos han compuesto elogiosas canciones en mi honor —«radiante como Afrodita» y todas las paparruchas de costumbre—, pero yo me siento cohibida y desgraciada. Los jóvenes ríen y bromean; da la impresión de que están muy relajados. No miran hacia arriba.

Yo sé que no me persiguen a mí, a Penélope *la Patita*, sino lo que viene conmigo: el vínculo con el rey, la pila de cacharros relucientes. Ningún hombre se quitaría la vida por mi amor.

Y ninguno lo hizo. Y no es que me hubiera gustado inspirar ese tipo de suicidios: yo no era ninguna devoradora de hombres, ninguna sirena; no era como mi prima Helena, a la que le encantaba hacer conquistas sólo para demostrar que podía. En cuanto el hombre se arrastraba a sus pies, y ninguno se resistía mucho tiempo, ella se alejaba con aire despreocupado y sin mirar atrás, soltando esa risa de desdén tan suya, como si acabara de ver al enano del palacio haciendo el pino de manera ridícula.

Yo era una jovencita amable, más amable que Helena; o eso creía. Sabía que me convenía tener algo que ofrecer, ya que no podía ofrecer mi belleza. Era lista, eso lo decía todo el mundo —de hecho, lo repetían tanto que me abrumaban—, pero la inteligencia es una virtud que los hombres aprecian en sus esposas cuando las tienen lejos. En las distancias cortas, si no se les ofrece nada más seductor, prefieren la amabilidad.

El esposo más adecuado para mí habría sido el hijo menor de algún rey con extensas propiedades; algún hijo del rey Néstor, quizá. Ése habría sido un enlace conveniente para el rey Icario. A través de mi velo observaba a los jóvenes que se arremolinaban en el patio intentando averiguar quién era quién y a cuál prefería, lo cual no tenía ninguna consecuencia práctica porque no era a mí a quien correspondía elegir a mi esposo.

Había un par de criadas conmigo. Nunca me dejaban sola: yo estaba en riesgo hasta no estar casada porque cualquier advenedizo cazafortunas podía intentar seducirme o raptarme y llevarme consigo. Las criadas eran mi fuente de información. Eran inagotables manantiales de frívolas habladurías: ellas podían ir y venir a su antojo por el palacio, podían examinar a los hombres desde todos los ángulos, podían escuchar sus conversaciones, podían reír y bromear con ellos cuanto quisieran: a nadie le importaba quién se metiera entre sus piernas.

—¿Quién es aquél tan fornido? —pregunté.

—¿Aquel de allí? ¡Bah! Es Odiseo —contestó una de las criadas.

Odiseo no era un serio candidato a ganar mi mano, o al menos así lo juzgaban las criadas. El palacio de su padre estaba en Ítaca, un islote poblado de cabras; sus ropas eran rústicas; tenía los modales de un ricacho de pueblo y ya había expresado varias ideas que los otros encontraron complicadas y extrañas. Sin embargo, decían que era muy listo. Que, de hecho, se pasaba de listo. Los otros jóvenes hacían bromas sobre él: «No hagas apuestas con Odiseo, el amigo de Hermes: nunca ganarás.» Eso equivalía a afirmar que era un tramposo y un ladrón. Su abuelo, Autólico, era bien conocido por tener las mismas «cualidades», y se rumoreaba que jamás había ganado sin hacer trampas.

—Me pregunto si correrá mucho —dije.

En algunos reinos, la competición por las novias era una lucha, en otros una carrera de cuadrigas, pero en nuestro reino consistía simplemente en correr.

—No creo, con esas piernas tan cortas... —contestó con crueldad una de las criadas.

Y era verdad: Odiseo tenía las piernas muy cortas en comparación con el cuerpo. Cuando estaba sentado no se notaba, pero cuando se ponía de pie parecía un tentetieso.

—Por más que corra, mejor que no te atrape —dijo otra criada—. Supongo que no te gustaría despertar por la mañana y encontrarte en la cama a tu esposo con parte del ganado de Apolo. —Eso era un chiste sobre Hermes, quien el mismo día de su nacimiento había protagonizado un audaz robo de ganado.

—A menos que uno de los animales fuera un toro —intervino otra.

—O un macho cabrío —dijo una tercera—. ¡Un robusto macho cabrío! ¡Seguro que a nuestra querida Patita le gustaría eso! ¡No tardaría en ponerse a balar!

—A mí no me importaría encontrarme un macho cabrío en la cama —comentó una cuarta—. ¡Mil veces mejor que uno de los animalitos diminutos que tanto abundan por aquí!

Todas rompieron a reír, o más bien a resoplar alborozadas, tapándose la boca con las manos.

Yo estaba muerta de vergüenza. Todavía no entendía los chistes más ordinarios, de modo que no sabía exactamente de qué se reían las criadas, aunque sí que se reían a mi costa. Pero ¿qué podía hacer?

Entonces apareció mi prima Helena. Más que caminar, parecía deslizarse en el agua como el cisne de largo cuello que creía ser. Digamos que tenía una peculiarísima forma de andar contoneándose y la acentuaba a propósito. Aunque la boda que se avecinaba era la mía, pretendía acaparar toda la atención y, ciertamente, estaba tan hermosa como siempre, incluso más: insoportablemente hermosa. Vestía siempre a la perfección, de eso se encargaba Menelao, su esposo, que era inmensamente rico y podía permitírselo.

Helena ladeó la cabeza y me miró con un gesto enigmático, como si coqueteara conmigo. A decir verdad, mi prima coqueteaba con su perro, con su espejo, con su peine, con los postes de su cama. Así se mantenía entrenada.

—Creo que Odiseo sería un esposo magnífico para nuestra Patita —comentó—. A ella le gusta vivir tranquila, y si Odiseo se la lleva a Ítaca, como presume que hará, no le faltará tranquilidad. Podrá ayudarlo a vigilar sus cabras. Son tal para cual: ambos tienen las piernas muy cortas.

Lo dijo como de pasada, pero esa clase de comentarios, en boca de Helena, solían ser los más crueles.

¿Por qué será que los guapos creen que el resto del mundo está allí sólo para su diversión?

Las criadas reían por lo bajo. Yo estaba abatida. Nunca había pensado que mis piernas fueran cortas, y desde luego ignoraba que Helena se hubiera fijado en ellas. Aunque, cuando se trataba de evaluar las virtudes y defectos físicos de los demás, pocas cosas se le escapaban. Por eso más tarde se lió con Paris: éste era mucho más atractivo que Menelao, torpe y pelirrojo. Lo más favorable que se decía de Menelao, cuando empezó a salir en los poemas, era que tenía una voz muy potente.

Las criadas me miraron: esperaban que respondiera. Pero Helena sabía dejar sin palabras a la gente, y yo no iba a ser la excepción.

—No te preocupes, primita —me dijo, dándome unas palmadas en el hombro—. Dicen que es muy listo. Y tengo entendido que tú también lo eres. Así que podrás entender lo que dice. ¡Yo nunca lo he entendido! ¡Fue una suerte para las dos que no ganara cuando compitió por mí!

Me lanzó la sonrisita condescendiente del comensal al que se ha ofrecido probar primero una salchicha nada apetitosa que ha rechazado quisquillosamente. Era cierto que Odiseo había sido uno de los aspirantes a obtener su mano y que, como el resto de los mortales, había deseado desesperadamente ganarla. Y también que ahora competía por una mujer que como mucho podía considerarse un segundo premio.

Conseguido su objetivo de pincharme, Helena se alejó a grandes zancadas. Enseguida, las criadas se pusieron a hablar de su espléndido collar, sus hermosos pendientes, su nariz perfecta, su peinado a la moda, sus luminosos ojos, la cenefa primorosamente bordada de su flamante túnica. Era como si yo no estuviera allí. ¡Y era el día de mi boda!

Todo aquello me puso muy nerviosa. Rompí a llorar, como haría a menudo en el futuro, y me acostaron en mi cama.

Así pues, me perdí la carrera. La ganó Odiseo. Más tarde me enteré de que había hecho trampa. El hermano de mi padre, Tindáreo, el padre de Helena —aunque, como ya he dicho, hay quien cree que su verdadero padre era Zeus—, lo ayudó: vertió en el vino del resto de los contendientes una droga que los entorpeció, aunque no lo suficiente para que lo notaran, y a Odiseo lo hizo beber una pócima que tenía el efecto contrario. Tengo entendido que estas cosas se han convertido en una tradición y todavía se practican en el mundo de los vivos cuando se celebran competiciones atléticas.

Pero ¿por qué ayudó el tío Tindáreo a mi futuro esposo? Nunca habían sido amigos ni aliados. ¿Qué esperaba ganar? Os aseguro que mi tío no habría ayudado a nadie por pura bondad de corazón, un bien que no poseía en abundancia.

Algunos dicen que yo era el pago por un servicio que Odiseo le había prestado a Tindáreo: cuando todos competían por Helena y el ambiente se iba poniendo cada vez más tenso, Odiseo hizo jurar a los pretendientes que todos defenderían al ganador, fuera quien fuese, si otro intentaba arrebatársela. De ese modo consiguió calmar los ánimos y facilitó el triunfo de Menelao. Odiseo debía de saber que no tenía posibilidades de ganar. Según se rumorea, fue entonces cuando llegó a un acuerdo con Tindáreo: a cambio de haberle asegurado una apacible y muy lucrativa boda para la radiante Helena, Odiseo conseguiría a la poco agraciada Penélope.

Pero a mí se me ha ocurrido otra posibilidad, que es ésta: Tindáreo y mi padre Icario compartían el trono de Esparta. Se suponía que tenían que gobernar por turnos: un año Tindáreo y al siguiente mi padre, y así sucesivamente. Pero Tindáreo quería el trono para él solo, cosa que consiguió al final. No es absurdo suponer que haya sondeado a los diversos pretendientes respecto de sus perspectivas y planes, y se haya enterado así de que Odiseo estaba de acuerdo con la nueva usanza según la cual era la esposa quien debía irse a vivir con la familia del esposo y no al revés. A Tindáreo debió de encantarle la idea de que me enviaran lejos, a mí y a los hijos que pudiera tener: de ese modo serían menos los que acudirían a ayudar a Icario en caso de producirse un conflicto abierto.

Fuera lo que fuese lo que había detrás, el caso es que Odiseo hizo trampas y ganó la carrera. Vi a Helena sonriendo con malicia mientras se celebraba el rito matrimonial: sin duda creía que estaban entregándome a un palurdo ordinario que me llevaría a un deprimente páramo, y la idea no le disgustaba. Seguramente sabía desde un principio que todo estaba amañado.

En cuanto a mí, me costó trabajo soportar la ceremonia: los sacrificios de animales, las ofrendas a los dioses, las purificaciones, las libaciones, las plegarias, los cánticos interminables. Estaba muy mareada y tenía que mantener la mirada baja, por lo que sólo podía ver la parte inferior del cuerpo de Odiseo. «Tiene las piernas cortas», pensaba, incluso en los momentos más solemnes. No era un pensamiento apropiado; era frívolo y absurdo, y me daba ganas de reír, pero debo decir, en mi descargo, que sólo tenía quince años.

7

La cicatriz

De modo que fui entregada a Odiseo como si fuera un paquete de carne. Con un lujoso envoltorio, eso sí. Una especie de morcilla dorada.

Pero quizá ése sea un símil demasiado ordinario para vosotros. Dejadme añadir que en mi época la carne era algo muy valioso: la aristocracia comía muchísima carne —carne, carne, carne— que simplemente asaban: la nuestra no era una época de *haute cuisine*. Ah, se me olvidaba: también había pan, es decir, pan ácimo —pan, pan, pan—, y vino —vino, vino, vino—. Sí, había algunas frutas y verduras, pero seguramente vosotros nunca habéis oído hablar de ellas porque nadie las mencionaba en los poemas.

A los dioses les gustaba la carne tanto como a nosotros, pero gracias a un rudimentario ardid de Prometeo tan sólo recibían los huesos y la grasa. Sólo un imbécil podría dejarse engañar por una bolsa llena de trozos de ternera incomibles disfrazados de trozos buenos, pero Zeus se dejó engañar, lo que demuestra que los dioses no siempre eran tan inteligentes como pretendían hacernos creer.

Eso puedo decirlo ahora porque estoy muerta, antes no me habría atrevido: nunca se sabía cuándo podía haber algún dios escuchando disfrazado de mendigo, de viejo amigo o de desconocido. Es cierto que a veces dudaba de la existencia de aquellos dioses, pero en vida siempre consideré prudente no correr riesgos innecesarios.

En mi banquete nupcial había de todo en grandes cantidades: formidables pedazos de carne suculenta, enormes hogazas de pan fragante, inmensas jarras de vino añejo. Fue asombroso que los invitados no reventaran allí mismo, porque se atiborraron de comida. No hay nada que fomente la gula como comer sin tener que pagar: así me lo enseñó la experiencia más tarde.

En aquellos tiempos comíamos con las manos. Roíamos y mascábamos a base de bien, pero era mejor así: nada de utensilios afilados que pudieran clavársele a algún comensal inoportuno. En todas las bodas precedidas por un certamen había unos cuantos perdedores dolidos, pero en mi banquete todos se comportaron muy bien: más parecía que hubiesen perdido la subasta de un caballo.

El vino era una mezcla demasiado fuerte, de modo que muchos acabaron con la cabeza embotada. Se emborrachó hasta mi padre, el rey Icario. Sospechaba que Tindáreo y Odiseo lo habían embaucado, estaba casi seguro de que habían hecho trampa, pero no entendía cómo; eso lo enfurecía, y cuando estaba furioso bebía todavía más y soltaba comentarios ofensivos sobre los abuelos de los demás. Claro que, como era rey, nadie lo retaba a duelo.

Odiseo no se emborrachó. Se las ingeniaba para simular que bebía mucho cuando en realidad apenas probaba el vino. Más tarde me contó que cuando uno vive de su astucia, como él, necesita tener el ingenio siempre afilado, tanto como las hachas o las espadas. En su opinión, sólo los tontos se jactaban de lo mucho que podían beber: eso conducía a competencias absurdas, la gente perdía la concentración y la fuerza y era entonces cuando atacaba el enemigo.

En cuanto a mí, estaba demasiado nerviosa para probar bocado. Me quedé allí sentada, envuelta en mi velo de novia, casi sin atreverme a mirar a Odiseo. Sabía que iba a llevarse un chasco conmigo en cuanto levantara el velo y se abriera camino a través del manto, la faja y la flamante túnica con que me habían engalanado. Pero Odiseo no me miraba; de hecho, nadie lo hacía: todos miraban atentamente a Helena, que repartía deslumbrantes sonrisas a diestro y siniestro sin dejarse a un solo hombre. Tenía una manera de sonreír que hacía que cada uno pensara que era a él y sólo a él a quien amaba en secreto.

Supongo que fue una suerte que Helena acaparara la atención de todos porque eso les impedía fijarse en mí, en cómo temblaba y en lo incómoda que me sentía. No sólo estaba nerviosa, sino también muy asustada: las criadas me habían llenado la cabeza de cuentos sobre cómo, una vez en la cámara nupcial, mi esposo me desgarraría como el arado hiende la tierra, y lo dolorosa y humillante que resultaría esa experiencia.

En cuanto a mi madre, había dejado de nadar de aquí para allá como una marsopa el tiempo suficiente para asistir a mi boda, cosa que yo le agradecía menos de lo que hubiera debido. Estaba allí, sentada en su trono junto a mi padre, vestida de azul y con un charquito bajo los pies. Me dirigió un breve discurso mientras las doncellas me cambiaban una vez más de traje, pero no me pareció de mucha ayuda en aquellos momentos. Fue un discurso ambiguo, por no decir algo peor; aunque no hay que olvidar que todas las náyades son ambiguas.

He aquí lo que me dijo:

«El agua no ofrece resistencia. El agua fluye. Cuando sumerges la mano en el agua, tan sólo sientes una caricia. El agua no es un muro, no puede detenerte. Va a donde quiere y, al final, nada puede oponérsele. El agua es paciente. Las gotas de agua horadan la piedra dura. No lo olvides, hija mía. Recuerda que eres mitad agua. Si no puedes atravesar un obstáculo, rodéalo: es lo que hace el agua.»

Tras las ceremonias y el banquete, vino la tradicional procesión hasta la cámara nupcial, con las tradicionales antorchas, los chistes groseros y los gritos de los borrachos. Habían engalanado la cama, rociado el umbral y hecho las libaciones. El guardián ya estaba situado delante de la puerta para impedir que la novia huyera horrorizada y que sus amigas, al oírla gritar, derribaran la puerta y la rescataran. Todo eso era teatro: se suponía que la novia había sido raptada, lo que convertía la consumación del matrimonio en una especie de violación autorizada. Era la conquista de un territorio, el triunfo sobre el enemigo, un asesinato simulado. Se suponía que había sangre.

Cuando la puerta se cerró, Odiseo me asió de la mano e hizo que me sentara en la cama. «Olvida todo lo que te han contado», me susurró. «No voy a hacerte daño, o al menos no mucho. Pero nos vendría bien que fingieras. Me han dicho que eres una muchacha inteligente, ¿crees que podrás gritar un poco? Están escuchando detrás de la puerta y con eso quedarán satisfechos. Nos dejarán en paz y podremos tomarnos el tiempo necesario para hacernos amigos.»

Ése era uno de sus grandes secretos para persuadir: sabía convencer al otro de que ambos se enfrentaban a un obstáculo común y necesitaban unir sus fuerzas para superarlo. Era capaz de obtener la colaboración de casi cualquiera que lo escuchara, de hacer participar a casi cualquiera en sus pequeñas conspiraciones. Nadie lo hacía mejor que él: por una vez, las leyendas no mienten. Y además tenía una voz maravillosa, grave y resonante. Así que, por supuesto, hice lo que me pedía.

Aquella misma noche supe que Odiseo no era de esos hombres que después del coito se limitan a darse la vuelta y ponerse a roncar. (No es que conozca por experiencia esa extendida costumbre masculina, pero, como ya he dicho, las criadas me contaban muchas cosas.) No: Odiseo quería hablar conmigo, y puesto que sabía contar anécdotas lo escuché de buen grado. Creo que eso era lo que más valoraba de mí: mi capacidad para apreciar las historias que me contaba. Es un talento que, en las mujeres, no se valora en su justa medida.

Yo me había fijado en la larga cicatriz que tenía en el muslo y él procedió a contarme cómo se había hecho aquella herida. Como ya he mencionado, su abuelo era Autólico, quien aseguraba ser hijo del dios Hermes. Quizá fuera una manera de decir que era un ladrón taimado, un tramposo y un mentiroso, y que la suerte lo había favorecido en ese tipo de actividades.

Autólico era el padre de la madre de Odiseo, Anticlea, que se había casado con el rey Laertes de Ítaca y, fruto de esa unión, ahora era mi suegra. Sobre Anticlea circulaba un rumor calumnioso: que la había seducido Sísifo y que éste era el verdadero padre de Odiseo, pero a mí me costaba creerlo porque ¿a quién se le iba a ocurrir seducir a Anticlea? Sería como seducir a un mascarón de proa. Pero démosle crédito a esa historia, de momento.

Según contaban, Sísifo era tan tramposo que había burlado a la muerte en dos ocasiones: la primera, cuando convenció a Tánatos de que se dejara poner unos grilletes que luego rehusó quitarle; la segunda, cuando engañó a Perséfone para que lo dejara salir del infierno arguyendo que, dado que no había tenido el funeral adecuado, no le correspondía estar de ese lado del río Estigia, entre los difuntos. De modo que, si admitimos el rumor sobre la infidelidad de Anticlea, Odiseo tenía a hombres astutos y sin escrúpulos en dos de las ramas principales de su árbol genealógico.

Fuera cual fuese la verdad, el caso es que su abuelo Autólico —quien había elegido para él el nombre de Odiseo— lo invitó al monte Parnaso a recoger los regalos que le habían prometido el día de su nacimiento. Durante esa visita, Odiseo salió a cazar jabalíes con los hijos de Autólico y un jabalí particularmente feroz lo hirió en el muslo.

El modo en que Odiseo me narró la historia me hizo sospechar que no me lo había contado todo. ¿Por qué el jabalí había atacado salvajemente a Odiseo, pero no a los otros? ¿Sabían los demás dónde estaba escondido el jabalí y le habían tendido una trampa a mi futuro esposo? ¿Pretendían matar a Odiseo para que el tramposo de Autólico no tuviera que entregarle a su nieto los regalos que le debía? Es posible.

A mí me gustaba pensar que había sido así. Me gustaba pensar que tenía algo en común con mi esposo: ambos habíamos estado a punto de morir a manos de un familiar. Razón de más para estar siempre unidos y no apresurarnos a confiar en los demás.

A cambio de su historia de la cicatriz, yo le conté cómo había estado a punto de ahogarme y cómo me rescataron unos patos. Él se mostró interesado, me hizo varias preguntas y fue muy comprensivo: justo lo que esperamos de cualquiera que nos escuche. «Mi pobre Patita», me dijo acariciándome. «No te preocupes: yo jamás arrojaría a una muchacha tan preciosa al mar.» Yo me eché a llorar y Odiseo me consoló como era de esperar en la noche de bodas.

Así, cuando llegó la mañana Odiseo y yo nos habíamos hecho amigos, tal como él había prometido. O mejor dicho: yo abrigaba sentimientos amistosos hacia él —más que eso: sentimientos profundos y apasionados— y él se comportaba como si me correspondiera, lo cual no es exactamente lo mismo.

Pasados unos días, Odiseo anunció su intención de llevarme a Ítaca junto con mi dote. Mi padre se molestó: dijo que quería que se respetaran las antiguas costumbres, lo que significaba que nosotros y nuestra recién obtenida fortuna debíamos permanecer en su palacio. Pero nosotros contábamos con el apoyo del tío Tindáreo, cuyo yerno era el esposo de Helena, el poderoso Menelao, de modo que Ícario se vio obligado a ceder.

Seguramente habréis oído decir que, cuando nos marchamos, mi padre echó a correr tras nuestro carro suplicándome que me quedara con él, y que Odiseo me preguntó si de verdad quería acompañarlo a Ítaca o prefería quedarme con mi padre. Cuentan que a modo de respuesta me tapé con el velo, pues era demasiado recatada para proclamar el deseo que sentía por mi esposo, y que más tarde me erigieron una estatua como símbolo de la modestia.

Algo hay de verdad en esa historia, aunque me tapé con el velo para ocultar que estaba riendo. Comprenderéis que era desternillante ver a un padre que en su día había arrojado a su propia hija al mar corriendo tras ella y gritando: «¡Quédate conmigo!»

No me apetecía quedarme; más bien, no veía la hora de alejarme de la corte de Esparta. No había sido feliz allí y estaba deseando empezar una nueva vida.

8

Coro:
Si yo fuera princesa (canción popular)

Interpretada por las criadas con un violín, un acordeón y un flautín

Primera criada:
Si yo fuera princesa, de oro y de plata ataviada,
y un héroe me amara, sería siempre joven y bella.
¡Si mi mano pidiera un joven apuesto,
la sonrisa jamás se borraría de mi gesto!

Coro:
Pues zarpa, gentil dama, y surca
los mares oscuros como tumbas;
aunque quizá te hundas con tu pequeño bote,
sólo la esperanza nos mantiene a flote.

Segunda criada:
Soy la mandadera, obedezco sin chistar,
sonrío, asiento y procuro no llorar.
«Sí, señor», «no, señora», durante todo el maldito día
tiendo las camas y hago comidas.

Tercera criada:
Oh, dioses, profetas, ¿no podéis mi vida cambiar?
¡Dejad que un joven héroe me venga a buscar!
Pero el héroe no llega, no hay suerte para mí.
¡Mi destino es trabajar sin descanso hasta morir!

Coro:
Pues zarpa, gentil dama, y surca
los mares oscuros como tumbas;
aunque quizá te hundas con tu pequeño bote,
sólo la esperanza nos mantiene a flote.

Las tres criadas hacen una reverencia.

Melanto, la de hermosas mejillas, pasando el sombrero:

Gracias, señor. Gracias. Gracias. Gracias. Gracias.

9

La cotorra leal

El viaje por mar hasta Ítaca fue largo, estuvo lleno de peligros y además me produjo un terrible mareo. Pasé la mayor parte del tiempo acostada o vomitando, y a veces ambas cosas a la vez. Es posible que tuviera aversión al mar debido a la experiencia que había vivido en la infancia o que el dios del mar, Poseidón, todavía estuviera enojado por no haber logrado devorarme.

Así pues, no pude contemplar la hermosura del cielo y las nubes que Odiseo me describía en las escasas visitas que me hacía para ver cómo me encontraba. Él pasó la mayor parte del tiempo en la proa (o eso me imaginaba yo) mirando detenidamente al frente con ojos de halcón por si había rocas, serpientes marinas u otros peligros; o al timón; o dirigiendo el barco de algún otro modo (yo no sabía cómo porque era la primera vez que navegaba).

Desde el día de nuestra boda mi estima por Odiseo no había hecho sino crecer. Lo admiraba mucho y tenía un concepto francamente exagerado de sus aptitudes —recordad que tenía quince años—, así que confiaba plenamente en él y lo consideraba un navegante infalible.

Por fin llegamos a Ítaca y entramos en el puerto, rodeado de abruptos acantilados. Debían de haber puesto vigías y encendido antorchas para anunciar nuestra llegada, porque el puerto estaba abarrotado de gente. Mientras me conducían a la orilla hubo algunas ovaciones y muchos empujones entre los que querían ver qué aspecto tenía y obtener una prueba palpable de que Odiseo había cumplido con éxito su misión y había regresado a su tierra con una esposa de noble cuna y los valiosos regalos que completaban el lote.

Aquella noche se celebró un banquete al que invitaron a los aristócratas de la ciudad. Yo asistí con un velo reluciente y una de mis mejores túnicas bordadas, acompañada de la criada que había llevado conmigo. Era un regalo de boda de mi padre, se llamaba Actóride y no le hizo ninguna gracia acompañarme a Ítaca. Lamentaba haber dejado atrás los lujos del palacio de Esparta y a todas las amigas que tenía entre las demás criadas, y yo no se lo reprochaba. No era joven —ni siquiera mi padre era tan estúpido como para enviarme a Ítaca con una muchacha en flor que pudiera rivalizar conmigo por el afecto de Odiseo, sobre todo teniendo en cuenta que una de sus tareas consistía en montar guardia toda la noche frente a la puerta de nuestro dormitorio para impedir interrupciones— y el caso es que no duró mucho. Su muerte me dejó sola en Ítaca: una extraña rodeada de extraños.

Aquellos primeros días me harté de llorar encerrada en mi habitación. Intentaba ocultarle mi desdicha a

Odiseo por temor a parecer desagradecida y él seguía mostrándose tan atento y considerado como al principio, aunque me trataba como los adultos tratan a los niños. A menudo lo sorprendía observándome con la cabeza ladeada y la mano en la barbilla, como si yo fuera un enigma para él, pero pronto descubrí que lo hacía con todo el mundo.

En una ocasión me dijo que todos teníamos una puerta oculta que conducía a nuestro corazón, y que para él era una cuestión de orgullo encontrar la forma de abrir esas puertas, pues el corazón era a la vez llave y cerrojo, y quien lograra dominar el corazón de los hombres y descubrir sus secretos estaba más cerca de dominar a las Parcas y controlar el hilo de su propio destino. Y eso no podía lograrlo cualquiera, se apresuró a añadir. Ni siquiera los dioses, me dijo, eran más poderosos que las Tres Moiras. No las llamó por sus nombres y escupió para alejar la mala suerte; yo me estremecí al imaginármelas en su tenebrosa cueva, desenrollando, midiendo y cortando los hilos de las vidas.

—¿También mi corazón tiene una puerta oculta? —le pregunté en un tono que pretendía que fuera insinuante y seductor—. ¿La has encontrado ya?

Odiseo se limitó a sonreír y respondió:

—Eso tienes que decírmelo tú.

—¿Y tu corazón también tiene una puerta? —pregunté—. ¿Tengo yo la llave?

Me abochorna recordar el ridículo tono de voz con que formulé estas preguntas: eran el tipo de halagos que habría utilizado Helena. Pero Odiseo se había dado la vuelta y estaba mirando por la ventana.

—Un barco ha entrado en el puerto —dijo—, y no lo conozco. —Tenía el ceño fruncido.

—¿Esperas noticias? —pregunté.

—Siempre espero noticias —respondió él.

Ítaca no era ningún paraíso: solía soplar viento, llovía y hacía frío. Los nobles de allí eran unos desastrados en comparación con los nobles a los que yo estaba acostumbrada, y el palacio no era precisamente grande.

Tal como me habían contado en Esparta, había muchas piedras y cabras, pero también había vacas, ovejas, cerdos, granos para hacer pan, y también higos, manzanas o peras, cada cual en su temporada, de modo que nuestras mesas estaban bien surtidas. Con el tiempo me acostumbré a la isla. Además, tener a Odiseo como esposo no estaba nada mal: en aquella región todo el mundo lo admiraba, y mucha gente iba a pedirle favores y consejos. Algunos incluso llegaban en barco desde muy lejos para consultar con él determinados asuntos, pues Odiseo tenía fama de ser un hombre capaz de deshacer cualquier nudo, por complicado que fuera, aunque a veces lo conseguía haciendo otro nudo todavía más complicado.

Su padre, Laertes, y su madre, Anticlea, aún vivían en palacio por aquel entonces: su madre aún no había muerto consumida por la espera y el deseo de verlo regresar (ni, como yo supongo, por problemas digestivos), y su padre aún no había abandonado el palacio desesperado por su ausencia para retirarse a una casucha y castigarse labrando la tierra. Todo eso ocurriría cuando Odiseo llevara unos años fuera, pero nadie podía imaginárselo todavía.

Mi suegra se mostraba cauta y reservada conmigo. Por supuesto, acudió a darme la bienvenida, pero el mohín de su boca me hizo comprender de inmediato que no aprobaba mi matrimonio. No se cansaba de repetir que yo era muy joven, pero Odiseo le contestaba con indiferencia que ése era un defecto que se corregiría por sí solo con el tiempo.

Sin embargo, la mujer con quien tuve más problemas al principio fue la antigua nodriza de Odiseo, Euriclea, a quien todo el mundo respetaba —o al menos eso creía ella— porque era de toda confianza. Vivía en palacio desde siempre. El padre de Odiseo la había comprado y la valoraba tanto que ni siquiera se había acostado con ella. «Imagínate, ¡siendo una esclava!», me dijo muy orgullosa de sí misma, y añadió: «¡Y en aquella época yo era muy hermosa!» Algunas criadas me contaron que Laertes se había abstenido no por respeto hacia Euriclea, sino por temor a su esposa, quien no lo habría dejado vivir en paz si hubiera tomado una concubina. «Anticlea podría congelarle las bolas al mismísimo Helios», comentó una de ellas. Yo sabía que debía reprenderla por insolente, pero no pude contener la risa.

Euriclea se sintió obligada a hacerse cargo de mí y me llevó por el palacio mostrándome dónde estaba todo y «cómo hacemos las cosas aquí» (esto último lo repitió una y otra vez). Tendría que habérselo agradecido de todo corazón, y no sólo de dientes para afuera, porque no hay nada más vergonzoso que ser descortés por ignorancia de las costumbres de quienes te rodean. Si había que taparse la boca al reír, en qué ocasiones había que ponerse un velo y qué parte del rostro debía ocultar, con qué frecuencia convenía darse un baño... Euriclea era experta en todas esas materias. Fue una suerte, porque mi suegra, Anticlea, quien tendría que haberme enseñado todas esas cosas, se limitaba a quedarse sentada en silencio, con una tensa sonrisa en los labios, mientras yo me ponía en ridículo. Por supuesto, Anticlea se alegraba de que su adorado hijo Odiseo hubiera contraído matrimonio nada menos que con una princesa de Esparta, pero creo que se habría alegrado aún más si me hubiera muerto del mareo en el viaje a Ítaca y Odiseo hubiera llegado a casa con los regalos de boda, pero sin la novia. La frase que más a menudo me repetía era: «No tienes buena cara.»

Por eso la evitaba siempre que podía e iba de aquí para allá con Euriclea, que al menos se mostraba amable conmigo. Además, Euriclea poseía todo un arsenal de información sobre las familias nobles vecinas, y de ese modo me enteré de muchas cosas vergonzosas que más tarde me serían útiles.

Euriclea hablaba por los codos y era la mayor experta del mundo en todo lo que tuviera que ver con Odiseo. Como lo había amamantado y cuidado cuando era un recién nacido y lo había criado hasta que se hizo mayor, sabía a la perfección lo que le gustaba y cómo había que tratarlo. Sólo ella podía ayudarlo a bañarse, untarle los hombros con aceite, prepararle el desayuno, guardar sus objetos de valor, escoger las ropas que debía usar, etcétera. No permitía que yo hiciera nada: no podía hacer el menor recado para mi marido ni la más mínima tarea de las que suelen encomendarse a las esposas porque una y otra vez se apresuraba a decirme que no era así como le gustaba a Odiseo. Ni siquiera las túnicas que yo le confeccionaba le parecían del todo adecuadas: eran demasiado ligeras o demasiado pesadas, demasiado resistentes o demasiado delicadas. «No está mal para uno de los siervos», decía, «pero no vale para Odiseo».

Pese a todo, a su modo intentaba ser amable conmigo. «¡Habrá que engordarte para que puedas darle a Odiseo un hijo sano y hermoso!», me repetía. «Ésa es tu única obligación, lo demás déjamelo a mí.» Y como era lo más parecido a un interlocutor que yo tenía en palacio —aparte de Odiseo, claro— con el tiempo acabé aceptándola.

Es de justicia decir que fue de mucha ayuda cuando nació Telémaco. Ella rezó las oraciones a Artemisa cuando el dolor me impedía hablar, me sostuvo las manos, me secó la frente con una esponja y, después de recibir al bebé, lo lavó y lo envolvió para que no se enfriara; porque si de algo entendía —como no paraba de repetirme— era de recién nacidos. Tenía un lenguaje especial para hablar con ellos, una lengua sin sentido —«Agugu, agugu», le canturreaba a Telémaco mientras lo secaba después del baño; «¿agugu dadá?»—, y a mí me desconcertaba imaginar a mi fornido Odiseo, con su voz grave, su habilidad sin igual en las artes de persuasión, su inteligencia y dignidad, en brazos de la nodriza cuando era un recién nacido, y a ella dirigiéndole uno de aquellos discursos compuestos de gorjeos.

59

Pero no podía estar celosa de su cariño por Telémaco, al que adoraba hasta el punto de que cualquiera habría podido pensar que lo había parido ella misma. Odiseo estaba contento conmigo, claro que sí. «Helena todavía no ha tenido hijos», me decía, y yo debería haberme alegrado. Me alegraba, de hecho, pero ¿qué hacía Odiseo pensando en Helena? ¿Acaso nunca había dejado de pensar en ella?

10

Coro:
El nacimiento de Telémaco (idilio)

Nueve meses navegó por la sangre de su
    madre,
tras zarpar de la cueva de la Noche, nueve
    meses
de un letargo poblado de sueños perturbadores
navegó en un barco frágil y oscuro: él mismo,
por el vasto y peligroso océano de su madre,
desde la lejana gruta donde las Moiras,
concentradas en truculenta labor,
hilan las hebras de las vidas de hombres y de
    mujeres
y las miden, y las cortan.

Y las doce que habríamos de morir por su
    mano, por órdenes
de su implacable padre, navegábamos tam-
    bién, en nuestros frágiles barcos
(nosotras mismas), por los turbulentos mares
de nuestras madres: madres de vientres hin-
    chados y pies doloridos,

que no eran reinas, sino un grupo variopinto
de mujeres compradas,
canjeadas, capturadas o robadas a siervos y
desconocidos.

Tras viajar nueve meses alcanzamos la orilla,
desembarcamos
al mismo tiempo que él, zarandeadas por el
viento hostil.
Infantes como él, llorábamos tan indefensas
como él,
aunque diez veces más, porque su nacimiento
se anhelaba,
al contrario que los nuestros. Porque fue
motivo de celebración.
Porque, mientras que su madre dio a luz (¡un
príncipe!),
las nuestras simplemente parieron, desovaron,
nos arrojaron al mundo.
Éramos crías de animal: se nos podía vender,
ahogar, canjear, utilizar y desechar.
Porque, mientras que él fue procreado,
nosotras simplemente aparecimos, como los
azafranes,
las rosas, los gorriones engendrados en el barro.

Nuestras vidas estaban entrelazadas con la
suya: éramos niñas también,
cuando él era un niño; éramos sus mascotas
y juguetes,
sus hermanas de mentira, sus pequeñas
compañeras.

Crecíamos, igual que él, y reíamos, y corríamos
    como él,
aunque más sucias, más hambrientas, más
    morenas.
Él nos tenía por suyas para cualquier fin:
para servirlo y darle de comer, para lavarlo,
    distraerlo,
para mecerlo hasta dormir en peligrosos
    barcos: nosotras mismas.

No sabíamos entonces, mientras jugábamos
    con él sobre la playa
de la pedregosa isla de las cabras, cerca del
    puerto, que un día,
casi un niño, pero con ojos de hielo, nos
    ahorcaría con una cuerda.
De haberlo sabido, ¿lo habríamos ahogado
    entonces?
Los niños son crueles y egoístas: todos quieren
    vivir.

Éramos doce, él uno solo: no habría podido
    defenderse.
Pero ¿lo habríamos hecho? ¿En un minuto,
    cuando nadie mirara?
¿Habríamos hundido su cabecita, inocente
    aún, en el agua
con nuestras infantiles manos de niñeras,
    y culpar de lo ocurrido al mar?
¿Nos habríamos atrevido? Preguntádselo a
    las Moiras,

que hilan hebras color sangre: las vidas de
   hombres y mujeres.
Sólo ellas saben qué rumbo habrían podido
   tomar las cosas.
Sólo ellas conocen nuestros corazones.
No somos quiénes para responder.

11

Helena me arruina la vida

Con el tiempo fui acostumbrándome a mi nuevo hogar, aunque mi autoridad era nula, pues Euriclea y mi suegra se ocupaban de todos los asuntos domésticos y tomaban todas las decisiones relacionadas con la casa. Odiseo manejaba el reino aunque, como es natural, su padre Laertes metía baza de vez en cuando, ya fuera para discutir o para respaldar las decisiones de su hijo. Dicho de otro modo: había el clásico tira y afloja familiar sobre qué opinión era la que contaba más. Lo único en lo que todos estaban de acuerdo era en que la opinión que contaba más nunca era la mía.

Las comidas eran particularmente tensas. Había demasiados malentendidos, resentimientos y protestas entre los hombres y un silencio lleno de rencor circundando a mi suegra. Cuando yo intentaba hablarle, respondía sin mirarme en ningún momento: más bien se dirigía a algún escabel o a una mesa y, como era de esperar de una conversación con un mueble, sus palabras resultaban rígidas y poco espontáneas.

No tardé en comprender que lo más sensato era mantenerme al margen y dedicarme a cuidar a Telémaco... cuando Euriclea me lo permitía. «Pero si no eres más que una niña», solía decirme, arrancándome al bebé de los brazos. «Dame, que ya me ocupo yo del crío. Tú vete y diviértete.»

Pero yo no sabía cómo divertirme. Pasear sola por los acantilados o por la orilla del mar como una campesina o una esclava quedaba completamente descartado: cada vez que salía tenía que llevarme a dos criadas conmigo —debía cuidar mi reputación, y la reputación de la esposa de un rey está bajo escrutinio constante—. Para colmo, se esperaba que caminaran varios pasos detrás de mí, así que con frecuencia, mientras paseaba con mis lujosas túnicas bajo la atenta mirada de los marineros y expuesta a los chismes de las mujeres del pueblo, me sentía como un caballo premiado en medio de un desfile. En resumen, a falta de una amiga de mi edad y condición que me acompañara, aquellas excursiones no resultaban nada divertidas, y por ese motivo se fueron volviendo cada vez menos frecuentes.

A veces me quedaba sentada en el patio, hilando lana y escuchando a las criadas que reían y cantaban en los edificios anexos mientras realizaban sus tareas. Cuando llovía, llevaba mi labor a las dependencias de las mujeres: allí al menos me sentía acompañada porque siempre había varias esclavas trabajando en los telares. Hasta cierto punto me gustaba tejer, era un trabajo pausado, rítmico y tranquilizador, y mientras tejía nadie, ni siquiera mi suegra, podía acusarme de estar ociosa (nunca lo había hecho, pero también hay acusaciones silenciosas).

Pasaba mucho tiempo en la habitación que compartía con Odiseo. Era bastante bonita, con vistas al mar, aunque no tan bonita como la que tenía en Esparta. Odiseo había construido una cama especial, una de cuyas columnas estaba tallada en un olivo que aún hundía sus raíces en tierra. Así, decía, nadie podría mover ni cambiar de lugar aquella cama, lo que sería un buen augurio para los hijos que se concibieran en ella. Aquella columna era un gran secreto que sólo conocíamos el propio Odiseo, mi criada Actóride —que ya había muerto— y yo misma. Si se corría la voz de su existencia, decía Odiseo fingiendo un tono siniestro, él sabría que yo me había acostado con otro hombre, y entonces, añadía frunciendo el ceño de un modo que se suponía cómico, él se enfadaría muchísimo y tendría que cortarme en trocitos con su espada o colgarme de la viga del techo.

Yo fingía que me asustaba y le aseguraba que nunca lo traicionaría y que el secreto de su enorme columna quedaría entre ambos.

Pero lo cierto es que me asustaba de verdad.

Pese a todo, nuestros mejores momentos los pasamos en aquella cama. Después de hacer el amor, a Odiseo le gustaba hablar conmigo. Me contaba muchas historias; la mayoría sobre sí mismo, es cierto: sus hazañas de cazador, sus expediciones y saqueos, que había un arco que sólo él conseguía tensar, que la diosa Atenea lo había protegido siempre a causa de su agudo ingenio y su facilidad para los disfraces y las estratagemas, etcétera, etcétera; pero también me contaba otras cosas: por qué había caído una maldición sobre la casa de Atreo; cómo había obtenido

Perseo el casco de Hades, que volvía invisible a quien se lo ponía, y le había cortado la cabeza a la repugnante Gorgona. Me relataba cómo el célebre Teseo y su amigo Pirítoo habían raptado a mi prima Helena antes de que cumpliera doce años y la habían escondido con la intención de echarse a suertes cuál de los dos se casaría con ella cuando alcanzara la edad apropiada. (Se decía que Teseo no la había forzado, pudiendo hacerlo, porque mi prima no era más que una niña.) Me explicaba que sus dos hermanos habían rescatado a Helena y que, para recuperarla, habían tenido que librar una terrible guerra contra Atenas.

Esta última historia yo ya la conocía, pues me la había contado la propia Helena. Su versión de los hechos, no obstante, era algo distinta: Helena contaba que Teseo y Pirítoo estaban tan impresionados por su divina belleza que casi se desmayaban cada vez que la veían, y que, si se atrevían a acercarse a ella, era sólo para echarse a sus pies y pedirle perdón por haberla raptado. Helena disfrutaba particularmente haciendo referencia a la gran cantidad de hombres que habían perdido la vida en la guerra contra Atenas: consideraba aquellas muertes un tributo a su persona. La triste realidad es que la gente la había alabado tanto y le había prodigado tantos elogios y cumplidos que Helena se había trastornado. Creía que podía hacer lo que quisiera, igual que los dioses de los que estaba convencida que descendía.

Me he preguntado muchas veces si, de no haber sido Helena tan vanidosa, habríamos podido ahorrarnos todos los sufrimientos y penas que ella nos causó por su egoísmo y desquiciada lujuria. ¿No podía llevar una vida normal? Pues no: las vidas normales eran aburridas y Helena era ambiciosa. Quería hacerse un nombre, ansiaba destacar.

El desastre se produjo cuando Telémaco tenía un año y, como todo el mundo sabe a estas alturas, fue culpa de Helena. La primera noticia de la catástrofe inminente nos la dio el capitán de un barco espartano que comerciaba con esclavos y que había atracado en nuestro puerto. Como era habitual tratándose de personas de cierta posición, invitamos al capitán a cenar y pasar la noche en el palacio. Esa clase de huéspedes eran una preciosa fuente de información: nos decían quién había muerto, quién había nacido, quién se había casado recientemente, quién había matado a quién en un duelo, quién había sacrificado a sus propios hijos a tal o cual dios. Sin embargo, las noticias que nos dio aquel hombre eran extraordinarias.

Nos contó que Helena había huido con un guapo príncipe troyano, un tal Paris, hijo menor del rey Príamo. Había sido amor a primera vista. Luego, durante los nueve días del banquete que Menelao había ofrecido con motivo de la visita del príncipe, este último y Helena no habían dejado de lanzarse miradas a espaldas del anfitrión, que no se había enterado de nada. Eso no me sorprendió porque Menelao era más tonto que Abundio y no tenía la menor sensibilidad. Está claro que no había halagado lo suficiente a Helena y que, a esas alturas, ella estaba dispuesta a ceder ante cualquiera que satisficiera lo suficiente su vanidad. El caso es que finalmente, aprovechando que Menelao había tenido que ausentarse para asistir a un funeral, los dos amantes habían cargado el barco de Paris con todo el oro y la plata que pudieron reunir y se habían escabullido.

Menelao se había puesto furioso, desde luego, pero su hermano Agamenón también, porque aquello suponía una ofensa al honor familiar. Habían enviado emisarios a Troya exigiendo la devolución de Helena y del botín, pero éstos habían vuelto con las manos vacías. Mientras tanto, Paris y la perversa Helena se reían de ellos tras las altas murallas de Troya. «Menelao y su ilustre hermano están que se suben por las paredes», comentó nuestro invitado sin ocultar su deleite: como todo el mundo, aquel capitán disfrutaba cuando la gente arrogante se caía de bruces. Nos aseguró que en Esparta no se hablaba de otra cosa.

Mientras escuchaba en completo silencio aquel relato, Odiseo fue poniéndose cada vez más pálido. Aquella misma noche me reveló el motivo de su inquietud: «Todos los antiguos pretendientes de Helena estamos comprometidos por un juramento», me explicó. «Lo pronunciamos ante el cuerpo descuartizado de un caballo sagrado, así que no admite excepciones. Nos veremos obligados a librar una guerra con Troya para recuperar a Helena.» A continuación agregó que la tarea no sería fácil: Troya era una gran potencia, un hueso mucho más duro de roer de lo que había sido Atenas cuando los hermanos de Helena la habían asolado por el mismo motivo.

Me guardé de decir que Helena era una víbora con piernas y que merecía que la hubiesen encerrado en un baúl para luego abandonarla en un sótano oscuro. En cambio, le pregunté a Odiseo si no se le ocurría alguna forma de escapar a aquel juramento. Me horrorizaba la idea de quedarme en Ítaca sin él. ¿Qué iba a hacer sola en palacio, sin siquiera una amiga? Ya no habría placeres nocturnos para compensar la actitud mandona de Euriclea y los gélidos silencios de mi suegra.

«En mi caso, no sólo hice aquel juramento», me respondió Odiseo, «sino que además fue idea mía. Ahora no veo modo de librarme de él».

Con todo, lo intentó. Cuando, como era de esperar, Agamenón y Menelao aparecieron poco después acompañados de otro hombre, el funesto Palamedes —que a diferencia de ellos no tenía un pelo de tonto—, Odiseo estaba preparado para recibirlos: había hecho circular el rumor de que se había vuelto loco y, para demostrarlo, se había puesto un ridículo sombrero de campesino y estaba arando un campo con un buey y un asno y sembrando los surcos con sal. Yo me creí muy lista y me ofrecí a acompañar a los tres visitantes al campo para presenciar aquella penosa imagen. «Ya lo veréis», dije con lágrimas en los ojos. «Ya no me reconoce, ¡y tampoco a nuestro hijito!» Y me llevé al pequeño para demostrarlo.

Pero Palamedes nos descubrió: me arrancó a Telémaco de los brazos, lo colocó frente a la yunta y Odiseo selló su destino cuando se desvió para no pasar por encima de su propio hijo con el arado.

Tenía que ir a Troya.

Los tres hombres lo adularon asegurándole que un oráculo había afirmado que Troya jamás caería sin su ayuda. Eso, naturalmente, aceleró los preparativos de su partida: ¿quién puede resistir la tentación de ser considerado indispensable?

12

La espera

¿Qué queréis que os cuente acerca de los diez años siguientes? Odiseo zarpó rumbo a Troya y yo me quedé en Ítaca. El sol salía, atravesaba el cielo y se ponía, y al verlo yo casi nunca pensaba en el llameante carro de Helios. La luna pasaba de una fase a otra y, al verla, yo casi nunca pensaba en el barco plateado de Artemisa. La primavera, el verano, el otoño y el invierno se sucedían con puntualidad. El viento soplaba. Telémaco iba creciendo, bien alimentado con abundante carne y mimado por todos.

Nos llegaban noticias de la guerra contra Troya; a veces eran buenas y a veces malas. Los aedos loaban en sus poemas a los héroes más distinguidos: Aquiles, Agamenón, Áyax, Menelao, Héctor, Eneas y compañía, pero a mí no me importaba ninguno de ellos: sólo Odiseo. ¿Cuándo regresaría y aliviaría mi aburrimiento? También él aparecía en los poemas y, cuando era así, yo disfrutaba escuchándolos. Allí estaba, pronunciando un discurso inspirador, uniendo a las facciones enfrentadas, inventando una asombrosa mentira, ofreciendo sabios consejos, disfrazándose de esclavo huido para colarse en Troya y entrevistarse con Helena, quien —así lo proclamaba el poema— lo había bañado y ungido con sus propias manos. Esa parte no me gustó tanto. Finalmente, había urdido la estratagema del caballo de madera lleno de soldados.

La noticia de la caída de Troya se propagó enseguida de faro en faro. Se habló del saqueo de la ciudad y de una terrible masacre: las calles se habían convertido en torrentes de sangre, el cielo sobre el palacio había ardido en llamas; habían lanzado a niños inocentes desde lo alto de un acantilado y las mujeres troyanas, entre ellas las hijas del rey Príamo, habían sido entregadas como botín.

Poco después, por fin, las noticias nos confirmaron lo que tanto tiempo llevábamos deseando oír: los barcos griegos habían emprendido el regreso a casa. Y luego, nada.

Un día tras otro, yo subía a lo alto del palacio y oteaba el horizonte, pero no había ni rastro de Odiseo. A veces veía barcos, pero nunca el que anhelaba ver.

Llegaban rumores: Odiseo y sus hombres se habían emborrachado en el primer puerto de escala y se había producido un motín, decían algunos; no, explicaban otros: habían comido una planta mágica que les había hecho perder la memoria y Odiseo los había salvado haciéndolos atar y transportar a las naves. Odiseo había luchado contra un cíclope, afirmaban unos; no, desmentían otros, sólo se había peleado con un tabernero tuerto por culpa de una cuenta sin pagar. Varios hombres habían sido devorados por caníbales, aseguraban unos; no, replicaban otros, sólo había sido una reyerta como otra cualquiera, con mordiscos en la oreja, narices sangrantes, puñaladas y destripamientos. Odiseo era huésped de una diosa en una isla encantada, sostenían unos; al principio, aquella diosa había convertido a los marineros en cerdos (esto último, en mi opinión, no debía de haberle costado mucho trabajo), pero después les había devuelto la forma humana porque se había enamorado de Odiseo, a quien le preparaba deliciosos manjares con sus propias manos inmortales y con quien hacía desenfrenadamente el amor por las noches; no, corregían otros, sólo era una prostituta de lujo, y lo que hacía Odiseo era gorronear a la madam.

Huelga decir que los aedos recogían esos temas y los adornaban considerablemente. En mi presencia siempre cantaban las versiones más nobles, aquellas que describían a Odiseo como un hombre inteligente, valiente e ingenioso que luchaba contra monstruos sobrenaturales y al que las diosas apreciaban. El único motivo por el que todavía no había regresado a casa era que Poseidón, el dios del mar, estaba en su contra porque el cíclope al que Odiseo había lisiado era su hijo. O quizá tenía en contra a varios dioses. O a las Parcas. O vaya uno a saber a quién o a quiénes; de lo que no cabía duda —decían los halagüeños aedos— era de que sólo una poderosa fuerza podía impedir a mi marido regresar cuanto antes a los tiernos y amorosos brazos de su esposa.

75

Cuanto más exageraban, más costosos eran los regalos que esperaban de mí, y yo siempre cumplía sus deseos: hasta una mentira obvia sirve de consuelo cuando no hay verdades que nos reconforten.

Murió mi suegra, arrugada como una pasa y enferma de tanto esperar; convencida, en fin, de que nunca más volvería a ver a su hijo. Para ella era mi culpa, y no de Helena: ¡si no me hubiera llevado al crío al campo de labranza! La anciana Euriclea se hizo aún más vieja, lo mismo que mi suegro, Laertes. A éste dejó de interesarle la vida de palacio y se marchó a vivir al campo: quien lo desease, podía verlo arrastrando los pies por una de sus granjas, vestido con ropa mugrienta y quejándose de los perales. Mi sospecha era que se estaba volviendo idiota.

Yo sola dirigía las extensas propiedades de mi esposo, aunque mi vida en Esparta no me había preparado en absoluto para semejante tarea. Al fin y al cabo era una princesa: el trabajo era algo que hacían los otros. Y mi madre, pese a haber sido reina, no fue un buen modelo. Por ejemplo, no le gustaba la comida que se servía en el gran palacio, donde menudeaban los grandes trozos de carne; ella prefería un pescadito, o como mucho dos, con guarnición de algas, y se los comía crudos, empezando por la cabeza. Yo solía mirarla atrapada entre la fascinación y el horror. ¿Os he comentado ya que mi madre tenía unos dientes pequeños y puntiagudos?

Tampoco le gustaba dar órdenes a los esclavos, ni castigarlos, aunque de tanto en tanto podía matar a alguno que la fastidiara (no entendía que los criados tenían valor como propiedades). No le interesaba tejer ni hilar: «Demasiados nudos», solía decir, «esto es trabajo de arañas: que lo haga Aracne». En cuanto a supervisar las provisiones, la bodega y lo que ella llamaba «los juguetes dorados de los mortales», que se guardaban en los enormes almacenes del palacio, mi madre se reía sólo de pensarlo. «Las náyades sólo sabemos contar hasta tres», aclaraba. «Los peces nadan en bancos, no en hileras. ¡Un pez, dos peces, tres peces; y otro, y otro, y otro! ¡Así los contamos nosotras!» Y reía con su risa cantarina. «Nosotros, los inmortales, no somos tacaños. ¡Acaparar no tiene sentido!» Después se escabullía e iba a bañarse en la fuente del palacio, o desaparecía y pasaba varios días contándoles chistes a los delfines y haciéndoles bromas a las almejas.

Por eso tuve que empezar de cero en el palacio de Ítaca. Al principio, Euriclea se propuso encargarse de todo, pero pronto se dio cuenta de que había demasiado trabajo que hacer, incluso para una metomentodo como ella. Con el paso de los años me encontré haciendo inventarios (donde hay esclavos es inevitable que haya robos: hay que estar bien atentos), preparando los menús y organizando los guardarropas del palacio. Aunque las prendas que vestían los criados eran bastas y resistentes, con el tiempo acababan estropeándose y había que reemplazarlas, de modo que yo tenía que avisar a las hilanderas y tejedoras de que se pusieran a trabajar. Moler el grano correspondía a los esclavos peor considerados, que vivían encerrados en un edificio anexo al palacio.

Normalmente iban a parar ahí por su mal comportamiento, por lo que no era raro que hubiera peleas entre ellos. Mi obligación era estar al corriente de animosidades y venganzas.

Se suponía que los esclavos varones no podían dormir con las esclavas sin haber pedido permiso. Ése era un tema delicado. A veces, al igual que sus amos, podían enamorarse y ponerse celosos, lo que causaba muchos problemas. Si la situación se descontrolaba, lo más lógico era venderlos, pero cuando esos apareamientos llevaban al nacimiento de una bonita criatura, solía quedármela y educarla yo misma hasta convertirla en un criado o criada refinado y amable. Quizá mimé en exceso a algunos de esos niños: Euriclea siempre me lo decía.

Melanto, la de hermosas mejillas, era una de ellos.

Compraba provisiones por intermedio de un administrador y pronto me gané la reputación de negociadora astuta. Supervisaba granjas y rebaños; aprendí cuanto pude sobre la crianza de corderos y terneras y también cómo impedir que una cerda devore a su camada. A medida que fui adquiriendo experiencia, empecé a disfrutar de las conversaciones sobre esos temas tan burdos y ordinarios. Que el porquerizo viniera a pedirme consejo me llenaba de orgullo.

Mi plan consistía en hacer crecer las propiedades de Odiseo para que cuando él volviera fuera incluso más rico que antes: dueño de más ovejas, más vacas, más cerdos, más campos de cereal, más esclavos. Tenía en la cabeza una imagen perfectamente nítida: Odiseo regresaba y yo —con femenina modestia— le mostraba lo bien que había realizado un trabajo que solía considerarse de hombres. Y, por supuesto, lo había hecho por él. No había dejado de pensar en él ni un momento. ¡Cómo se le iba a iluminar el rostro! ¡Qué satisfecho estaría de mí! «Vales mil veces más que Helena», me diría. «¿Verdad que sí?», preguntaría yo, y él me abrazaría con ternura.

Pero, pese a tanto trabajo y tanta responsabilidad, me sentía más sola que nunca. ¿A quién podía acudir para que me diera un buen consejo? ¿Con quién podía contar, aparte de mí misma? Muchas noches me dormía llorando o suplicando a los dioses que, si no me devolvían a mi amado esposo, me mandaran una muerte rápida. Euriclea me preparaba baños relajantes y bebidas reconfortantes, pero había que pagar un precio: tenía la fastidiosa costumbre de recitar dichos populares con el propósito de endurecerme y animarme a seguir dedicada al trabajo, por ejemplo:

Quien llora cuando el sol brilla
nunca llenará su plato de comida.

O:

Quien en quejas pierde el tiempo
no se lleva a la boca más que viento.

O:

Si eres perezosa, descarados
se te vuelven los esclavos.

79

Truhanes, rameras y ladrones
tendrás si castigos no impones.

Y cosas parecidas. Si Euriclea hubiera sido más joven, le habría pegado una bofetada. Sin embargo, sus exhortaciones debieron de surtir algún efecto porque durante el día conseguía poner buena cara y, aunque no me engañaba a mí misma, al menos persuadía a Telémaco. Le hablaba de su padre, un guerrero extraordinario, guapo e inteligente. Todo sería maravilloso cuando él volviera.

La gente sentía cada vez más curiosidad por mí, como era previsible que ocurriera con la esposa —¿o había que decir «la viuda»?— de un hombre tan famoso; cada vez con más frecuencia, los barcos extranjeros llegaban cargados de rumores. De tanto en tanto, alguno tanteaba el terreno: si se demostraba que Odiseo había muerto, no lo quisieran los dioses, ¿estaría dispuesta a oír otras ofertas? No sólo se interesaban por mí, desde luego, sino también por mis tesoros. Yo no hacía caso de esas indirectas porque, aunque confusas, no dejaban de llegar noticias sobre Odiseo.

Algunos aseguraban que había descendido al reino de los muertos para consultar a los espíritus; otros, que sólo había pasado la noche en una vieja y tenebrosa cueva llena de murciélagos. Alguno explicaba que había obligado a sus hombres a ponerse cera en los oídos cuando navegaban cerca de las seductoras sirenas —mitad mujeres, mitad pájaros— que atraían a los hombres a su isla para luego devorarlos, y que él mismo se había hecho atar al mástil para no saltar por la borda al oír su irresistible canto; otro aclaraba que no había habido tal isla, sino un burdel siciliano de lujo cuyas cortesanas eran famosas por su talento musical y sus extravagantes vestidos de plumas.

No era fácil decidir a quién creer. A veces me parecía que la gente inventaba cosas sólo para asustarme y ver luego cómo se me llenaban los ojos de lágrimas. Para algunos, resulta muy divertido atormentar a los que están preocupados.

No obstante, cualquier rumor era mejor que nada, así que yo los escuchaba todos con avidez. Sin embargo, pasados unos cuantos años los rumores cesaron: era como si Odiseo hubiera desaparecido de la faz de la tierra.

13

Coro:
El astuto capitán de barco (saloma)

Interpretada por las doce criadas vestidas con trajes de marinero

El astuto Odiseo de Troya partió
de oro y de gloria colmado.
Al amparo de Atenea zarpó,
¡con sus tretas, mentiras y engaños!

En el país de los lotófagos atracó primero,
donde sus hombres la odiosa guerra quisimos
    olvidar;
pero pronto en las negras naves nos embarcó
    de nuevo,
de nada nos valió llorar ni suspirar.

Topamos entonces con el cíclope aterrador,
al que cegamos cuando devorarnos intentó.
«Me llaman Nadie», mintió el capitán, para
    alardear luego:

«¡Soy príncipe del engaño, me llaman
    Odiseo!»

Poseidón, su enemigo, lo maldijo por ello
y aún lo busca por los mares sin descanso,
desatando tempestades para hacer naufragar
¡a Odiseo, el marino avieso!

Brindemos por nuestro capitán, dondequiera que
    esté.
Atrapado en un islote, dormido bajo un árbol
o de alguna ninfa del mar en los brazos,
¡que es donde todos quisiéramos estar!

Luego hallamos a los lestrigones malvados
que a nuestros compañeros devoraron sin
    piedad.
Haberles pedido de comer lamentó Odiseo,
¡el audaz, el astuto, el valiente sin par!

Circe en su isla en cerdos nos convirtió,
hasta que Odiseo con ella se acostó;
luego comió sus dulces, su vino se bebió:
¡durante un año fue su huésped y señor!

Dondequiera que esté, por nuestro capitán brin-
    demos.
La espuma del ancho mar lo ha llevado de aquí
    para allá.
Seguro que no le urge a Ítaca regresar a Odiseo,
    ¡el osado, el astuto, el apuesto!

Navegó después hasta la Isla de los Muertos,
y contuvo a los espíritus vertiendo sangre en
   una zanja
para oír la profecía de Tiresias; Odiseo,
el escurridizo, el bribón, ¡príncipe de los
   entuertos!

Más tarde, al dulce canto de las sirenas se
   enfrentó,
que a una tumba de plumas intentaban
   arrastrarlo.
Despotricó y deliró al mástil atado,
¡pero sólo él su misterio descifró!

El remolino de Caribdis a nuestro hombre
   no atrapó,
ni Escila, el monstruo de seis cabezas, cogerlo
   pudo.
Odiseo su nave entre malignas rocas deslizó,
¡sin amedrentarse entre escollos navegó!

Mal hicimos contraviniendo sus órdenes
al comernos los terneros del sol.
En una tempestad todos perecimos,
pero Odiseo la isla de Calipso alcanzó.

Siete años de amores allí vivió,
pero escapó en una balsa y huir pudo
hasta que en la playa lo hallaron desnudo
las doncellas de Nausícaa, ¡qué susto les dio!

Al final, narró las mil aventuras que tuvo,
cientos de desgracias y tormentos sin fin,
pues nadie anticiparse a las Moiras saber pudo,
¡ni siquiera Odiseo, ese genio del trajín!

Dondequiera que esté, ¡salud por nuestro capitán!
Lo mismo nos da si camina o navega.
Sabed que en el Hades con nosotros no está,
¡ya veremos quién es el listillo que lo encuentra!

14

Los pretendientes se ponen morados

El otro día —si es que podemos llamarlo «día»—
paseaba por el prado mordisqueando unos asfódelos
cuando me encontré a Antínoo. Normalmente va por
ahí pavoneándose, vestido con el mejor manto, la túnica más fina, fíbulas de oro, etcétera, etcétera, orgulloso y bravucón, apartando a empellones a los otros
espíritus; pero en cuanto me ve adopta la forma de su
cadáver: le aparece una flecha clavada en el cuello y
empieza a brotarle un chorro de sangre.

Antínoo fue el primero de los pretendientes al
que mató Odiseo. Todo ese espectáculo de la flecha y
la sangre quiere ser un reproche, pero a mí ni me va ni
me viene: el tipo era una alimaña cuando estaba vivo
y no ha dejado de serlo después de muerto.

—Saludos, Antínoo —le dije—. Oye, ¿por qué no
te quitas de una vez esa flecha del cuello?

—Es la flecha de tu amor, divina Penélope, la
más bella e inteligente de las mujeres —me contestó—. Aunque salió del famoso arco de Odiseo, fue
el implacable Cupido quien la disparó en realidad. La

llevo en memoria de la gran pasión que sentía por ti y que me llevó a la tumba. —Y así siguió un buen rato, diciendo tonterías: para algo practicó sin descanso mientras vivía.

—Venga, Antínoo, ya estamos muertos —repliqué yo—. No hace falta que sigas haciéndote la víctima: no te va a servir de nada aquí abajo. Ahórrate la hipocresía y quítate esa flecha que sólo hace que te veas aún más feo.

Me miró con gesto sombrío, como un cachorro maltratado.

—Despiadada en vida y despiadada después de muerta —dijo con un hondo suspiro, pero desaparecieron la flecha y la sangre, y su piel, de un blanco verdoso, recuperó algo de color.

—Gracias —dije—, así está mejor. Ahora podemos ser amigos, y como amiga te pido que contestes esta pregunta: ¿por qué vosotros, los pretendientes, arriesgasteis la vida comportándoos de un modo tan indignante con Odiseo y conmigo, y no sólo una vez, sino durante años y años? No me dirás que no os advirtieron de lo que podía pasaros: los oráculos predijeron vuestra muerte y el propio Zeus envió aves de mal agüero y amenazadores truenos.

Antínoo suspiró.

—Los dioses querían destruirnos —dijo.

—Ésa es la clásica excusa para comportarse mal —objeté—. Dime la verdad. Sé muy bien que la causa no podía ser mi «divina belleza»: al final tenía treinta y cinco años, estaba consumida por la preocupación y el llanto, y no precisamente más delgada, como tú y yo sabemos. Vosotros, los pretendientes, ni siquiera habíais nacido cuando Odiseo zarpó hacia Troya, o a lo sumo erais unos críos de la edad de mi hijo Telémaco, o apenas mayores que él, de modo que yo habría podido ser vuestra madre. No parabais de decir que se os doblaban las rodillas con sólo verme, que anhelabais compartir la cama y tener hijos conmigo, y sin embargo sabíais perfectamente que ya hacía tiempo que no estaba en edad de ser madre de nuevo.

—Seguro que todavía habrías podido parir un par de mocosos —replicó Antínoo con una sonrisita cruel.

—Así me gusta —dije—: prefiero las respuestas sinceras. Pero sigue, anda, dime cuáles eran vuestros verdaderos motivos.

—Queríamos el tesoro, por supuesto —contestó él—, ¡y la corona! —Esta vez tuvo la insolencia de reír abiertamente—. ¿Qué joven no aspiraría a casarse con una viuda rica y famosa? Dicen que a las viudas las consume la lujuria, sobre todo cuando sus esposos llevan mucho tiempo desaparecidos o muertos, como era tu caso. No eras tan guapa como Helena, pero eso lo habríamos podido solucionar fácilmente: ¡la oscuridad lo disimula todo! Incluso era una ventaja que fueras veinte años mayor porque morirías antes, quizá con un poco de ayuda, y entonces, una vez que hubiéramos heredado tus riquezas, habríamos podido escoger a la joven y hermosa princesa que hubiéramos querido. No me dirás que creías que estábamos locamente enamorados de ti, ¿verdad? Quizá no fueras una beldad, pero siempre fuiste inteligente.

Había dicho que prefería las respuestas sinceras, pero ¿a quién iban a gustarle unas respuestas tan poco halagüeñas?

—Gracias por tu franqueza —dije con frialdad—. Debes de sentir un gran alivio al expresar por una vez tus verdaderos sentimientos. Ahora ya puedes volver a clavarte la flecha. Si he de serte sincera, siento una alegría inmensa cada vez que la veo sobresaliendo de tu mentirosa y glotona garganta.

Los pretendientes no aparecieron en escena enseguida: durante los nueve o diez primeros años de la ausencia de Odiseo sabíamos dónde estaba —en Troya— y que seguía con vida. Empezaron a asediar el palacio después, cuando la llama de la esperanza se iba reduciendo, cuando estaba a punto de apagarse. Primero llegaron cinco, luego diez, luego cincuenta; cuantos más eran a más atraían, todos temiendo perderse el festejo interminable y la lotería de la boda. Eran como los buitres cuando divisan el cadáver de una vaca: primero baja uno, luego otro, hasta que, al final, todos los buitres que hay en varios kilómetros a la redonda están allí, disputándose los huesos.

Se presentaban cada día en el palacio como si tal cosa y se comportaban como si yo los hubiera invitado. Aprovechándose de la debilidad de mi posición, por mi condición de mujer, elegían animales, los sacrificaban y luego asaban la carne con ayuda de sus criados sin dejar de darles órdenes a mis sirvientas y de pellizcarles el trasero como si estuvieran en su propia casa. Era asombrosa la cantidad de comida que podían engullir: se atracaban como si tuvieran las piernas huecas. Y, además, cada uno comía como si se hubiera propuesto superar a los otros. Su objetivo era vencer mi resistencia con la amenaza del empobrecimiento, así que por sus gaznates desaparecían montañas de carne, auténticos cerros de pan y ríos de vino como si la tierra misma se hubiera abierto y se lo hubiera tragado todo. Y aseguraban que seguirían haciéndolo hasta que yo eligiera a uno de ellos como esposo, así que, en medio de juergas y borracheras, intercalaban ridículos discursos sobre mi deslumbrante belleza, mis virtudes y mi sabiduría.

No voy a fingir que no lo disfrutaba en cierta medida: ¿a quién no le gustan los elogios, aunque no se los crea? Sin embargo, procuraba contemplar sus gracias como quien observa un espectáculo, o las travesuras de un bufón. ¿Qué nuevos símiles emplearían? ¿Cuál de ellos fingiría de modo más convincente que se desmayaba de emoción al verme? De vez en cuando me presentaba acompañada de dos criadas en el salón donde ellos se estaban dando un festín sólo para ver cómo se superaban unos a otros. Anfínomo solía imponerse en el terreno de la cortesía aunque, en cambio, era bastante debilucho. Debo admitir que a veces soñaba despierta con acostarme con uno u otro de ellos.

Más tarde, las criadas me repetían los comentarios graciosos que hacían los pretendientes a mis espaldas. Ellas podían escucharlos con disimulo, pues las obligaban a ayudar a servir la carne y la bebida.

¿Queréis saber qué decían sobre mí cuando estaban solos? Os pondré algunos ejemplos: «Primer premio, una semana en la cama de Penélope; segundo premio, dos semanas en la cama de Penélope.» «Si cierras los ojos todas son iguales: imagínate que es Helena, eso te ayudará a alzar tu lanza, ¡ja, ja, ja!» «¿Cuándo va a decidirse la muy bruja? Matemos al hijo, quitémoslo de en medio ahora que todavía es joven: ese desgraciado empieza a ponerme nervioso.» «¿Qué impide que uno de nosotros agarre a esa arpía y se largue con ella? No, amigos, eso sería hacer trampa. Ya sabéis cuál es el trato: hemos acordado que el que se lleve el premio hará regalos a los demás, ¿no? Estamos todos en el mismo bando, toca vencer o morir. Si tú vences, ella muere, porque quienquiera que gane tendrá que matarla a polvos, ja, ja, ja.»

A veces me preguntaba si las criadas no inventaban algunos de aquellos comentarios simplemente llevadas por el entusiasmo, o bien para fastidiarme. Parecían disfrutar con los informes que me traían, sobre todo cuando yo me deshacía en lágrimas y rezaba a Atenea, la diosa de ojos grises, suplicándole que me devolviera a Odiseo o pusiera fin a mis sufrimientos. Entonces podían permitirse llorar, sollozar, gemir y traerme bebidas reconfortantes, lo cual de seguro aliviaba sus nervios.

Euriclea era especialmente diligente a la hora de informarme de chismes maliciosos, tanto si eran ciertos como inventados: seguramente intentaba endurecer mi corazón frente a los pretendientes y sus fervientes súplicas para que continuase siendo fiel a mi esposo hasta el último suspiro. Siempre fue la mayor admiradora de Odiseo.

¿Qué podía hacer yo para mantener a raya a aquellos jóvenes y aristocráticos rufianes? Estaban en la edad de la arrogancia, de modo que los llamamientos a su amabilidad, los intentos de razonar con ellos y las amenazas de represalias no tenían ningún efecto. Ni uno solo se habría atrevido a retirarse simplemente por temor a que los otros se burlaran de él y lo llamaran «cobarde». Quejarse a sus padres no habría servido de nada: sus familias esperaban beneficiarse de su comportamiento. Telémaco era demasiado joven para enfrentarse a ellos y, en cualquier caso, era él solo contra ciento ocho, ciento doce o ciento veinte (había tantos que resultaba difícil contarlos). Los hombres que por lealtad a Odiseo habrían podido enfrentárseles habían zarpado con él rumbo a Troya, y de los que quedaban, los pocos que hubieran podido hacerlo no se atrevían, intimidados por la superioridad numérica de los pretendientes.

Yo sabía que no serviría de nada intentar expulsar a aquellos pretendientes indeseados, ni atrancar las puertas para impedirles la entrada al palacio. Si lo intentaba, se pondrían desagradables de verdad, arrasarían el palacio y tomarían por la fuerza lo que hasta entonces habían intentado conseguir mediante la persuasión. Antes bien, como hija de una náyade, recordaba el consejo de mi madre: «Haz como el agua. No intentes oponer resistencia. Cuando intenten atraparte, cuélate entre sus dedos.»

Por eso fingía que me complacía su cortejo. Hasta llegué a animar a uno y luego a otro, y a enviarles mensajes secretos. Pero antes de elegir a uno de ellos, les decía, tenía que estar completamente segura de que Odiseo jamás regresaría a Ítaca.

15

El sudario

Transcurrían los meses y la presión a que estaba sometida era cada vez mayor. Pasaba días enteros sin salir de mi habitación —no la que había compartido con Odiseo, eso no lo habría soportado, sino una habitación para mí sola que se hallaba en las dependencias de las mujeres—. Me tumbaba en la cama y lloraba sin saber qué hacer. Lo último que quería era casarme con uno de aquellos mocosos maleducados. Sin embargo, mi hijo Telémaco iba haciéndose mayor —tenía aproximadamente la misma edad que los pretendientes— y empezaba a mirarme de forma extraña y a responsabilizarme de que aquellos granujas se estuvieran zampando literalmente su herencia.

Todo habría sido más fácil para él si yo hubiera hecho las maletas y regresado a Esparta con mi padre, el rey Icario, pero las probabilidades de que lo hiciera voluntariamente eran nulas porque no tenía intención alguna de que me arrojara al mar por segunda vez. Al principio, Telémaco pensaba que mi regreso al palacio de mi padre sería una buena solución, pero después de reflexionar un poco —y de hacer cuatro cálculos matemáticos— se dio cuenta de que una buena parte del oro y la plata que había en el palacio regresarían conmigo a Esparta porque constituían mi dote. Por otra parte, si me quedaba en Ítaca y me casaba con uno de aquellos críos, éste se convertiría en rey y además en su padrastro, por lo que tendría autoridad sobre él. Y desde luego no le hacía ninguna gracia que un muchacho de su misma edad estuviera en condiciones de mangonearlo.

En realidad, la mejor solución para Telémaco hubiera sido que yo encontrara una muerte digna de la que no se lo pudiera culpar, porque si hacía lo mismo que Orestes —aunque sin motivo, a diferencia de este último— y asesinaba a su madre, atraería a las Erinias —las temidas Furias, con serpientes en el cabello, cabeza de perro y alas de murciélago— y éstas lo perseguirían ladrando y silbando, y lo azotarían con sus látigos hasta volverlo loco. Y como me habría matado a sangre fría y por el más abyecto de los motivos —la codicia—, no podría purificarse en ningún santuario y mi sangre lo contaminaría hasta que, completamente enloquecido, hallara una muerte terrible.

La vida de una madre es sagrada... incluso si es una mala madre —recordad a mi repugnante prima Clitemnestra: adúltera, asesina de su esposo y torturadora de sus hijos—, y en mi caso, además, nadie se habría atrevido a decir que era una mala madre. Sin embargo, no me gustaban nada los hoscos monosílabos y las continuas miradas de rencor que recibía de mi propio hijo.

· · ·

Cuando los pretendientes iniciaron su campaña, les recordé que un oráculo había predicho el regreso de Odiseo pero, como los años pasaban y Odiseo no aparecía, la fe en el oráculo empezó a debilitarse. Quizá lo habían interpretado mal, sugirieron los pretendientes: los oráculos tenían fama de ambiguos. Hasta yo empecé a dudar, e incluso me atreví a reconocer en público que lo más probable era que Odiseo hubiera muerto. Pero su fantasma nunca se me había aparecido en sueños, como habría tenido que ocurrir, de modo que, en el fondo, rehusaba aceptar que Odiseo no me hubiera enviado algún mensaje desde el Hades si era cierto que había llegado a aquel tenebroso reino.

Mi esfuerzos se centraban, pues, en seguir aplazando el día de la decisión sin labrarme la deshonra. Así se me ocurrió un plan. Cuando, tiempo después, contaba la historia, solía decir que fue Palas Atenea, la diosa del tejido, quien me había inspirado la idea, y quizá fuera cierto al fin y al cabo; en todo caso, atribuirle las propias ocurrencias a algún dios siempre era una buena manera de evitar las acusaciones de inmodestia en caso de que el plan funcionara, así como de echarle la culpa si fracasaba.

Esto fue lo que hice: puse una gran pieza de tejido en mi telar y dije que era un sudario para mi suegro Laertes, pues sería una impiedad de mi parte no regalarle una lujosa mortaja para el caso de que muriera. Hasta que terminara esa obra sagrada no podría pensar en elegir un nuevo esposo, pero en cuanto la completara me apresuraría a escoger al afortunado.

(A Laertes no le agradó mucho mi amable idea: después de enterarse de lo que pretendía hacer, se mantuvo aún más alejado de palacio que de costumbre. ¿Y si algún pretendiente, en su impaciencia, decidía precipitar su muerte y me obligaba a envolverlo en el sudario, terminado o no, para así acelerar mi boda?) Nadie podía oponerse a una tarea tan extremadamente piadosa. Pasaba todo el día trabajando en mi telar, tejiendo sin descanso y haciendo comentarios melancólicos como: «Este sudario sería una prenda más adecuada para mí que para Laertes, pues soy desgraciada y los dioses me han condenado a una existencia que más pareciera una muerte en vida.» Pero por la noche deshacía la labor que había hecho durante el día, de modo que no avanzaba en la conclusión del sudario.

Para que me ayudaran en aquella laboriosa tarea elegí a doce de mis criadas, las más jóvenes, porque llevaban toda su vida conmigo. Las había comprado o adquirido de niñas, las había criado como compañeras de juego de Telémaco y las había instruido meticulosamente en todo lo que necesitaban saber para vivir en palacio. Eran unas jovencitas agradables y llenas de energía, aunque a veces resultaban algo ruidosas y alborotadoras, como ocurre con todas las criadas jóvenes. Sin embargo, a mí me animaba oírlas charlar y cantar. Todas tenían una voz hermosa y yo había hecho que les enseñaran a usarla.

Eran mis ojos y mis oídos en el palacio, y fueron ellas quienes me ayudaron a deshacer lo tejido en plena noche, a la luz de las teas y con las puertas cerradas con llave, durante más de tres años. Aunque teníamos que trabajar con cuidado y hablar en susurros, aquellas noches tenían un aire festivo, incluso un toque de hilaridad. Melanto, la de hermosas mejillas, robaba manjares para que comiéramos algo: higos frescos, pan con miel, vino caliente en invierno. Mientras avanzábamos en nuestra tarea de destrucción, contábamos historias, chistes, adivinanzas. A la vacilante luz de las teas, nuestros rostros diurnos se suavizaban y cambiaban, igual que nuestros modales. Nos comportábamos casi como hermanas. Por la mañana, la falta de sueño oscurecía nuestros ojos; intercambiábamos sonrisas de complicidad y nos dábamos algún disimulado apretón de manos. Cuando me decían «sí, señora» o «no, señora» teníamos que esforzarnos para no estallar en carcajadas, como si ni ellas ni yo pudiéramos tomarnos en serio su actitud servil.

Por desgracia, una de ellas traicionó el secreto de mi labor interminable. Estoy segura de que fue un accidente: las jóvenes son despistadas y a esa muchacha debió de escapársele algún indicio o alguna palabra reveladora. Todavía no sé quién fue: aquí abajo, entre las sombras, siempre van en grupo, y escapan corriendo cuando me acerco a ellas. Me rehúyen como si les hubiera causado un dolor terrible, aunque yo jamás les habría hecho daño, al menos voluntariamente.

El hecho de que alguna traicionara mi secreto fue, estrictamente hablando, culpa mía. Les dije a mis doce jóvenes criadas —las más adorables, las más cautivadoras— que hicieran compañía a los pretendientes y los espiaran utilizando cualquier argucia que se les ocurriera. Nadie estaba al corriente de mis instrucciones, salvo yo misma y las criadas en cuestión: decidí no compartir el secreto con Euriclea, lo cual probó ser un error muy grave.

El plan salió tan mal como podía salir: desgraciadamente, varias de las chicas fueron violadas, mientras que a otras las sedujeron o las presionaron tanto que decidieron que era mejor ceder que oponer resistencia. No era inusual que los invitados de una gran casa o un palacio se acostaran con las criadas: proporcionar entretenimiento nocturno era uno de los deberes de un buen anfitrión, y éste podía ofrecer magnánimamente a sus invitados que eligieran entre las jovencitas del servicio; sin embargo, en ningún caso era correcto que los huéspedes eludieran el permiso del señor de la casa: eso equivalía a robar.

Pero en nuestra casa no había señor, así que los pretendientes hacían lo que querían con las criadas, con el mismo desparpajo con que consumían ovejas, cerdos, cabras y vacas. Seguramente, para ellos no tenía ninguna importancia.

Las chicas se sentían culpables, así que las consolé lo mejor que pude, y le encargué a Euriclea que cuidara y atendiera a las que habían sido violadas. Después de maldecir a los infames pretendientes, Euriclea las bañó y las ungió con mi propio aceite de oliva perfumado, lo cual era un privilegio muy especial. No lo hizo sin quejarse: seguramente le molestaba mi afecto por aquellas muchachas. Me dijo que las estaba mimando y que se volverían unas creídas.

«Olvidad lo que ha pasado», les dije a las chicas. «Fingid que estáis enamoradas de esos hombres: si creen que os habéis puesto de su parte, se confiarán a vosotras y así sabremos cuáles son sus planes. Es una manera de servir a vuestro amo, y él estará muy agradecido cuando regrese a casa.» Eso las hizo sentirse mejor.

Hasta las animé a hacer comentarios groseros e irreverentes sobre Telémaco, sobre mí y sobre Odiseo para que el engaño fuera más verosímil. Ellas, por su parte, se abocaron a ese proyecto con gran voluntad: Melanto, la de hermosas mejillas, era especialmente hábil y se divertía mucho inventando comentarios insidiosos. Sin duda hay algo muy satisfactorio en ser capaz de combinar la obediencia y la desobediencia en un solo acto.

En realidad, no todo era una farsa: varias criadas verdaderamente se enamoraron de los hombres que con tanta crueldad las habían utilizado. Supongo que era inevitable. Ellas creían que no me daba cuenta, pero yo lo sabía perfectamente. Pese a todo, las perdoné: eran jóvenes e inexpertas, y no todas las esclavas de Ítaca podían jactarse de ser la amante de un joven noble.

En todo caso, enamoradas o no, acostándose o no con mis jóvenes pretendientes, seguían transmitiéndome cualquier información útil que pudieran sonsacarles.

Así que, pobre de mí, me consideraba muy lista. Ahora me doy cuenta de que mis actos eran poco meditados y de que causaron mucho daño. Pero se me acababa el tiempo, empezaba a desesperarme y tenía que emplear todas las artimañas que tuviera a mi disposición.

Cuando se enteraron del truco del sudario, los pretendientes irrumpieron en mis aposentos en plena noche y me sorprendieron trabajando en mi secreta labor destructiva. Se pusieron furiosos, sobre todo por haberse dejado engañar por una mujer; montaron una escena terrible y yo tuve que pasar a la defensiva. No me quedó más remedio que prometer que terminaría el sudario tan pronto como pudiera, después de lo cual escogería sin falta a uno de los pretendientes como esposo.

Aquel sudario se convirtió casi de inmediato en una leyenda: «La telaraña de Penélope», lo llamaban, un nombre que muy pronto se extendió a cualquier tarea que continuara misteriosamente inacabada. A mí no me gustaba la palabra «telaraña»: si el sudario era una telaraña, entonces yo era la araña. Pero yo no pretendía atrapar hombres como si fueran moscas: todo lo contrario, sólo intentaba evitar que me atraparan a mí.

16

Pesadillas

Entonces empezó la peor etapa de mi suplicio. Lloraba tanto que me daba miedo convertirme en un río o una fuente, como en las leyendas antiguas. Por mucho que rezara, ofreciera sacrificios y consultara los augurios, mi esposo seguía sin regresar a Ítaca. Y, para colmo, Telémaco ya tenía edad para comenzar a darme órdenes. Yo llevaba veinte años dirigiendo los asuntos del palacio prácticamente sin ayuda, pero ahora él, como hijo de Odiseo, quería imponer su autoridad y tomar las riendas. Empezó a montar escenas en el salón, plantándoles cara a los pretendientes con una impetuosidad que habría podido costarle la vida. Era evidente que cualquier día se embarcaría en alguna aventura descabellada, como suelen hacer los varones jóvenes.

Y, efectivamente, se marchó en un barco a escondidas, sin siquiera consultarlo conmigo, para ir a buscar noticias de su padre. Fue una ofensa gravísima, pero apenas pude pensar en ello porque mis criadas favoritas me trajeron la noticia de que los pretendientes, tras enterarse de la osada aventura emprendida por mi hijo, pensaban enviar uno de sus barcos para que estuviera al acecho, le tendiera una emboscada y lo matara en su viaje de vuelta.

Es cierto que el heraldo Medonte también me reveló esa conspiración, como relatan los poemas, pero yo ya lo sabía por las criadas: tuve que fingir que la noticia me sorprendía para que Medonte —que no estaba ni en un bando ni en otro— no supiera que yo tenía mis propias fuentes de información.

Así que me tambaleé y me derrumbé en el umbral, llorando y gimiendo, y todas mis criadas —no sólo mis doce favoritas, sino también las demás— se unieron a mis lamentos. Les reproché que no me hubieran informado de la partida de mi hijo, que no le hubieran impedido marchar, hasta que Euriclea, la vieja entrometida, confesó que ella y sólo ella lo había ayudado y encubierto, y que si ambos habían mantenido en secreto el plan era por no preocuparme. Pero todo saldría bien al final, añadió, porque los dioses eran justos.

Me abstuve de decir que hasta entonces había visto escasas pruebas de la justicia de los dioses.

Afortunadamente, siempre que las cosas se ponen realmente negras, y cuando ya he llorado todo lo posible sin convertirme en un estanque, suelo quedarme dormida. Y cuando duermo, sueño. Aquella noche tuve un montón de sueños que no han quedado registrados en ningún sitio porque nunca se los conté a nadie. En uno de ellos, el cíclope le rompía la cabeza a Odiseo y se comía sus sesos; en otro, Odiseo saltaba al agua desde su barco y nadaba hacia las sirenas, que cantaban dulce y cautivadoramente, igual que mis criadas, mientras abrían sus garras de ave para desgarrarlo; en otro, Odiseo hacía el amor con una diosa hermosísima y, de pronto, la diosa se convertía en Helena, que me miraba por encima del hombro desnudo de mi esposo esbozando una sonrisita maliciosa. Esta última pesadilla era tan desagradable que desperté y enseguida me puse a rezar para que fuera un sueño falso enviado desde la cueva de Morfeo a través de la puerta de marfil, y no un sueño verdadero enviado a través de la puerta de cuerno.

Volví a dormirme y finalmente conseguí tener un sueño reconfortante. Ése sí lo conté, quizá lo hayáis oído: mi hermana Iftima —que era mucho mayor que yo, por lo que apenas la había conocido antes de que se casara y se fuera a vivir lejos de palacio— entró en mi habitación y se quedó de pie junto a mi cama. Me dijo que la enviaba Atenea porque los dioses no querían que yo sufriera. Su mensaje era que Telémaco regresaría sano y salvo, pero cuando le pregunté si Odiseo estaba vivo o muerto, se negó a contestar y desapareció.

Menos mal que los dioses no querían verme sufrir. ¡Cómo les gusta burlarse! Me sentía como un perro callejero al que lanzaran piedras o le encendieran la cola por pura diversión: no es la grasa y los huesos de los animales lo que de veras complace a los dioses, sino nuestro sufrimiento.

17

Coro:
Naves del sueño (balada)

El sueño es nuestro único solaz;
sólo dormidas hallamos la paz:
los suelos no tenemos que fregar,
ni nos obligan la mugre a rascar.

Ningún noble lelo
nos persigue por el salón,
ni nos revuelca por el suelo
en cuanto tiene ocasión.

Cuando dormimos nos gusta soñar:
soñamos que vamos por el mar,
surcando las olas en naves doradas
y que somos libres, felices y honradas.

En sueños dulces llevamos
vestidos encarnados;
con bellos amantes dormimos
y de besos los cubrimos.

Ellos vuelven una fiesta nuestras vidas
y nosotras los llenamos de canciones,
van en barcos de oro: nuestros corazones,
y viajamos todo el año a la deriva.

Y todo es alegría y bondad,
nunca hay lágrimas ni dolor,
todo es siempre esplendor
en nuestro reino de tranquilidad.

Pero llega la mañana y nos despierta:
hemos de volver a trabajar,
levantarnos la falda, abrir las piernas,
y dejarlos hacer sin rechistar.

18

Noticias de Helena

Telémaco escapó de la emboscada —más por buena suerte que por contar con un plan— y regresó a casa sano y salvo. Lo recibí acompañada de las criadas, todas derramando lágrimas de alegría, pero por desgracia mi único hijo y yo tuvimos una fuerte discusión inmediatamente después.

—¡Tienes el cerebro de un mosquito! —lo reprendí—. ¿Cómo se te ocurre embarcarte y partir sin más, sin siquiera pedir permiso? ¡Eres un crío, no tienes experiencia como capitán de barco! Es un milagro que no hayas muerto. Imagínate que, al volver, tu padre no te encontrase; ¿qué habría dicho? ¡Pues que la culpable era yo por no haberte vigilado bien!

Etcétera, etcétera.

Pero me equivoqué de táctica: Telémaco se envalentonó. Dijo que ya no era ningún crío, sino un hombre hecho y derecho. Había vuelto a casa, ¿no? ¡Pues qué mejor prueba de que sabía lo que hacía! Desafió mi autoridad de madre argumentando que no necesitaba permiso de nadie para tomar un barco que formaba parte de su herencia, y añadió que, si quedaba algo de ese patrimonio, no era precisamente gracias a mí, pues yo no había sabido defenderlo, como demostraba el hecho de que en ese mismo momento los pretendientes estuvieran zampándoselo. Proclamó que había tomado la decisión correcta: ir en busca de su padre cuando nadie más parecía dispuesto a mover ni un dedo en ese sentido, y aseguró que su padre habría estado orgulloso de él por demostrar un poco de coraje y no dejarse dominar por las mujeres, siempre hipersensibles, incapaces de ser sensatas ni juiciosas.

Al decir «las mujeres» se refería a mí. ¿Cómo podía hablar de ese modo de su propia madre?

¿Qué podía hacer yo, sino romper a llorar?

Eché mano de los reproches habituales: «¿Así me agradeces que te haya cuidado desde niño? No tienes ni idea de lo que he tenido que soportar por ti. Ninguna mujer merece semejante sufrimiento, más me hubiera valido suicidarme.» Pero me temo que Telémaco ya los había oído otras veces, así que se cruzó de brazos y, con los ojos en blanco, me hizo saber que mi discurso lo aburría y me pidió que parara de una vez.

Después de eso nos tranquilizamos. Las criadas le prepararon un buen baño, le restregaron todo el cuerpo, le llevaron ropa limpia. Luego les sirvieron una exquisita cena a él y a unos amigos a los que había invitado: Pireo y Teoclímeno. Pireo era itacense y había ayudado a mi hijo a emprender su viaje secreto. Decidí que hablaría más adelante con él, y también que les echaría en cara a sus padres que le dieran tanta libertad. Teoclímeno era un forastero. Parecía buen chico, pero me propuse averiguar todo lo que pudiera sobre su familia porque los jóvenes de la edad de Telémaco siempre están en riesgo de caer en malas compañías.

Telémaco devoró la comida y se bebió el vino de un trago; yo me reproché no haberle enseñado modales en la mesa. Lo había intentado muchas veces, pero la anciana Euriclea se entrometía siempre:

—No seas así, hija mía, deja que el niño coma a gusto, cuando crezca ya tendrá tiempo de sobra para aprender buenos modales.

—Pero «Árbol que crece torcido...» —respondía yo.

—¡Exactamente! —replicaba ella—. ¿Verdad que no queremos que este árbol se tuerza? ¡Pues claro que no! ¡Queremos que crezca alto y erguido, que aproveche todas las bondades de su sabroso trozo de carne sin que su mamaíta cascarrabias lo moleste!

Las criadas reían por lo bajo, le llenaban el plato a Telémaco y le decían que era muy guapo.

Me avergüenza decirlo, pero mi hijo estaba muy mimado.

Cuando los tres jóvenes acabaron de comer, le pedí a mi hijo que me contara sobre su viaje. ¿Había averiguado algo acerca de su padre? ¿Sabía ya dónde estaba, dado que ése había sido el motivo de su expedición? Y, si era el caso, ¿podía hacer un esfuerzo y ponerme al corriente de sus hallazgos?

Como veréis, yo seguía un poco dolida: no es fácil perder una discusión con tu hijo adolescente. Cuando tus hijos ya son más altos que tú, sólo te queda la autoridad moral, que es un arma muy débil.

Lo que Telémaco me contó a continuación me sorprendió de verdad. Después de visitar al rey Néstor, que no sabía nada de Odiseo, había decidido ir a ver a Menelao. A Menelao en persona. A Menelao el rico, Menelao el tarugo, Menelao el de la voz estridente, Menelao el cornudo. Menelao el esposo de Helena: mi prima Helena, Helena la hermosa, Helena la zorra infecta, la causa última de todas mis desgracias.

—¿Y viste a Helena? —le pregunté un tanto cohibida.

—Ya lo creo —contestó mi hijo—. Nos ofreció una espléndida cena.

Entonces se puso a contar no sé qué historia acerca del Viejo del Mar, y de cómo Menelao se había enterado gracias a aquel anciano y sospechoso caballero de que Odiseo estaba atrapado en la isla de una hermosa diosa que lo obligaba a hacer el amor con ella noche tras noche hasta que llegaba el alba.

La verdad es que para entonces yo ya había empezado a cansarme de oír hablar sobre diosas bellísimas.

—¿Y cómo encontraste a Helena? —le pregunté.

—Pues me pareció que estaba bien —respondió Telémaco—. Todo el mundo se puso a contarme anécdotas sobre la guerra de Troya: batallas, combates cuerpo a cuerpo, tripas desparramadas... Y mi padre aparecía en la mayoría de ellas. La cosa es que, llegado un punto, los veteranos empezaron a lloriquear, pero Helena echó algo en el vino y terminamos riéndonos un montón.

—Ya, ya, pero ¿qué aspecto tenía?

—Estaba tan radiante como la dorada Afrodita —contestó Telémaco—. Sólo verla ya da emoción porque es muy famosa: forma parte de la historia. Y es tal como la pintan, ¡o incluso más hermosa! —Sonrió como si se sintiera un poco avergonzado.

—Supongo que habrá envejecido —dije con toda la calma de que fui capaz. ¡Helena no podía seguir tan radiante como la dorada Afrodita! ¡Eso habría sido antinatural!

—Bueno, sí, claro... —respondió mi hijo, y entonces finalmente se manifestó ese vínculo que supuestamente existe entre las madres y los hijos que han crecido sin padre. Telémaco escudriñó mi rostro e interpretó mi expresión—. De hecho, estaba muy envejecida —dijo—. Parecía mucho mayor que tú. Estaba como consumida, y muy arrugada: como una pasa. Y tenía amarillos los dientes... Los que le quedaban. No empezó a parecernos hermosa hasta que habíamos bebido mucho.

Yo sabía que Telémaco mentía, pero me conmovió que lo hiciera para complacerme. No por nada era tataranieto de Hermes, el tramposo por excelencia, e hijo del astuto Odiseo, el de la voz tranquilizadora, pródigo en ardides, experto en persuadir a hombres y engañar a mujeres. Al final iba a resultar que mi hijo no era tonto del todo.

—Gracias por contarme, hijo mío —declaré—. Ahora voy a entregar un cesto de trigo como ofrenda y rezaré para que tu padre regrese sano y salvo.

Y así lo hice.

19

El grito de alegría

¿Quién puede asegurar que las oraciones sirven de algo? ¿Y quién que no sirven para nada? Me imagino a los dioses retozando en el Olimpo, deleitándose en el néctar, la ambrosía y el aroma de los huesos y la grasa ardiendo, traviesos como una pandilla de niños de diez años con un gato enfermo con que jugar y un montón de tiempo por delante. «¿A qué oración respondemos hoy?», se preguntan unos a otros. «¡Echémoslo a suertes! Esperanza para éste, desconsuelo para ese otro y, ya puestos, ¡destrocémosle la vida a aquella mujer de allí adoptando forma de cangrejo y poseyéndola!» Creo que muchas de sus travesuras se deben simplemente al aburrimiento.

Mis plegarias llevaban veinte años sin ser escuchadas, pero finalmente, un día cualquiera, los dioses me prestaron atención. Después de realizar el ritual de rigor y derramar las lágrimas de rigor, Odiseo entró en el patio arrastrando los pies.

Lo de arrastrar los pies formaba parte de la puesta en escena, como es lógico. Yo no esperaba menos de él. Era evidente que mi esposo ya se había formado una idea de lo que estaba sucediendo en palacio —de cómo los pretendientes estaban dilapidando sus riquezas, de sus intenciones asesinas hacia Telémaco, de cómo se aprovechaban de sus criadas y del afán de apoderarse de su esposa—, y había llegado a la sabia conclusión de que no podía entrar como si tal cosa, anunciar que era Odiseo y ordenar a aquellos intrusos que salieran de su casa. Si lo hubiera hecho, lo habrían matado en pocos minutos.

Por eso iba disfrazado de mendigo anciano y sucio. Jugaba a su favor el hecho de que la mayoría de los pretendientes no lo habían visto jamás, pues eran demasiado jóvenes o ni siquiera habían nacido cuando Odiseo partió de Ítaca, pero además su disfraz estaba muy logrado —sólo pude confiar en que las arrugas y la calvicie no fueran reales, sino parte del engaño—. De cualquier modo, en cuanto vi aquel torso fornido y aquellas piernas cortas, surgió en mí una profunda sospecha que se convirtió en certeza después de oír que aquel supuesto anciano le había partido el cuello a otro pordiosero que se había puesto agresivo. Ése era su estilo: cauto cuando era necesario, pero sin renunciar al ataque directo si tenía la certeza de vencer.

Hice ver que no lo reconocía porque de otro modo lo habría puesto en peligro. Además, si un hombre se enorgullece de su habilidad para disfrazarse es una tontería que su esposa le muestre que lo ha descubierto: siempre es una imprudencia interponerse entre un hombre y la imagen que tiene de sí mismo.

Más tarde también me di cuenta de que Telémaco estaba confabulado con Odiseo. Mi hijo era un farsante nato, como su padre, pero aún no dominaba el arte del embuste: cuando me presentó al presunto mendigo lo delataron su balbuceo, sus miradas de soslayo y su turbación.

Pero vayamos por partes. Odiseo pasó las primeras horas en el palacio simplemente deambulando y soportando los insultos de los pretendientes, que se burlaban de él y le lanzaban objetos. Por desgracia, yo no podía revelar a mis doce criadas quién era en realidad aquel individuo, de modo que se unieron a los pretendientes en sus insultos. Según me dijeron, Melanto, la de hermosas mejillas, estuvo particularmente hiriente. Decidí que llegado el momento le explicaría a Odiseo que aquellas muchachas habían actuado obedeciendo mis instrucciones.

Cuando cayó la noche, organicé un encuentro con el presunto mendigo en el salón de palacio. Él afirmó tener noticias de Odiseo: me contó una historia verosímil y me aseguró que Odiseo volvería pronto a casa. Yo me eché a llorar y confesé mi temor de que no fuera así, después de que tantos viajeros me hubieran garantizado lo mismo durante años. Le hablé largamente de mis sufrimientos y de lo mucho que añoraba a mi esposo: quería que Odiseo escuchara todo eso mientras todavía iba disfrazado de vagabundo, pues así estaría más inclinado a creerlo.

A continuación, lo halagué pidiéndole consejo: le conté que había decidido sacar el gran arco de Odiseo, aquel con el que mi esposo había disparado una flecha por el ojo de doce hachas puestas en fila —un logro asombroso—, para desafiar a los pretendientes a imitar esa hazaña. El premio al que lo consiguiera sería mi mano. Sin duda de esa forma pondría fin, de un modo u otro, a la intolerable situación en que me encontraba. ¿Qué opinaba él de mi plan?

Dijo que era una idea excelente.

Los poemas afirman que la llegada de Odiseo y mi decisión de organizar la prueba del arco y las hachas coincidieron por casualidad o por «intervención divina», que era como lo expresábamos en aquellos tiempos. Ahora ya conocéis la verdad lisa y llana: yo sabía que el mendigo era Odiseo y también que sólo él sería capaz de realizar aquel truco de tiro con arco. No hubo ninguna casualidad: lo organicé todo a propósito.

A continuación, adoptando un tono confidencial, le conté al falso vagabundo un sueño que había tenido, en el que aparecían unos gansos blancos que vivían en palacio y a los que yo adoraba. Soñé que estaban picoteando tranquilamente por el patio cuando de pronto un águila enorme con el pico curvo descendía en picado y los mataba a todos, ante lo cual yo me ponía a llorar desconsoladamente.

El mendigo Odiseo interpretó mi sueño: el águila era mi esposo, los gansos eran los pretendientes y aquél no tardaría en dar muerte a éstos. No dijo nada acerca del pico curvo del águila, ni del cariño que yo sentía por los gansos, ni de mi angustia ante su muerte.

Resultó que Odiseo se equivocó al interpretar mi sueño: él era el águila, sí, pero los gansos no eran los pretendientes, sino mis doce criadas, como comprendería muy pronto para mi infinito pesar.

• • •

Hay un detalle en el que los poemas insisten mucho. Yo había ordenado a las criadas que le lavaran los pies al mendigo Odiseo, pero él se negó alegando que sólo podía permitir que le lavara los pies alguien que no se burlara al verlos tan nudosos y maltratados. Entonces propuse para la tarea a la anciana Euriclea, una mujer cuyos pies eran tan poco estéticos como los de Odiseo. Euriclea, rezongando, puso manos a la obra sin sospechar la trampa que yo le había tendido. No tardó en ver la larga cicatriz que ella tan bien conocía, pues le había hecho aquel servicio a Odiseo en innumerables ocasiones. Soltó un grito de alegría y volcó la vasija de agua: Odiseo casi tuvo que estrangularla para que no lo delatara.

Según los poemas, yo no me enteré de nada porque Atenea me había distraído. Si os creéis ese cuento os creeréis todo tipo de tonterías. La verdad es que yo les había dado la espalda a ambos para que ellos no vieran cómo me regocijaba por el éxito de mi pequeña sorpresa.

20

Calumnias

Creo que ha llegado el momento de abordar diversas habladurías sobre mí que han estado circulando durante los últimos dos mil o tres mil años y que son completamente falsas. Suele decirse que «cuando el río suena, agua lleva», pero ése es un argumento estúpido. Todos hemos escuchado rumores que más tarde resultan completamente infundados, y lo mismo ocurre con esos rumores sobre mí.

Las acusaciones se refieren a mi conducta sexual. Se dice, por ejemplo, que me acosté con Anfínomo, el más educado de los pretendientes. Según los poemas, yo encontraba agradable su conversación, o más agradable que la de los demás, y eso es cierto, pero de ahí a la cama hay mucho trecho. También es verdad que les di esperanzas a los pretendientes y que a algunos les hice promesas en privado, pero eso era pura estrategia. Entre otras cosas, los animé falsamente para obtener de ellos costosos regalos —una mínima compensación por todo lo que habían comido y despilfarrado—, y no perdáis de vista el detalle de que el propio Odiseo me vio hacerlo y aprobó mi actitud.

Las versiones más descabelladas sostienen que me acosté con todos los pretendientes, uno detrás de otro —eran más de cien—, y que luego di a luz al gran dios Pan. ¿Quién va a creerse un cuento tan monstruoso? Hay poemas que no valen ni el aliento que se gasta en recitarlos.

Varios comentaristas han hecho notar que mi suegra, Anticlea, no dijo nada acerca de los pretendientes cuando Odiseo habló con su espíritu en la Isla de los Muertos, y blanden ese silencio como prueba: afirman que callar sobre los pretendientes equivale a revelar mi infidelidad. Bien puede ser que mi suegra pretendiera sembrar la semilla de la desconfianza en la mente de mi esposo: ya sabéis la actitud que tenía conmigo. Esa omisión pudo ser su estocada póstuma.

Otros han destacado el hecho de que yo no despidiera ni castigara a las doce criadas insolentes, ni las encerrara en un edificio anexo y las pusiera a moler grano; según ellos, eso significa que yo hacía las mismas marranadas que ellas. Pero todo eso ya lo he explicado.

Hay otra acusación más grave, basada en el hecho de que Odiseo no me revelara su identidad en cuanto regresó a Ítaca: dicen que desconfiaba de mí y quería asegurarse de que no me dedicaba a celebrar orgías en el palacio. Pero el verdadero motivo era que temía que me echara a llorar de alegría y de ese modo lo delatara. Por eso mismo me hizo encerrar en las dependencias de las mujeres junto con las demás mientras asesinaba a los pretendientes, por eso prefirió que

Euriclea lo ayudara, y no yo: mi esposo conocía mi gran sensibilidad y mi costumbre de deshacerme en lágrimas; no quería exponerme a peligros ni a espectáculos desagradables.

Si mi esposo se hubiera enterado de esas calumnias mientras vivíamos, estoy segura de que habría cortado unas cuantas lenguas, pero no tiene sentido amargarse pensando en las oportunidades perdidas.

21

Coro:
Penélope en peligro (drama)

Presentado por las criadas

Prólogo recitado por Melanto, la de hermosas mejillas:

Ahora que nos acercamos al clímax sangriento
    y macabro,
digamos la verdad: hay otra historia,
o varias, como conviene al dios Rumor,
que no siempre está de buenas.
¡Dicen por ahí que Penélope no era,
tratándose de sexo, nada estrecha!
Unos cuentan que con Anfínomo se acostaba
y disimulaba su lujuria con gemidos y con
    llantos;
otros, que todos los briosos candidatos
tuvieron la suerte, por turnos, de benefi-
    ciársela,
y que en esos actos promiscuos fue concebido
    Pan, el dios cabra.

La verdad no siempre está clara, querido
público,
¡pero echemos una miradita detrás de la
cortina!

Euriclea (interpretada por una criada):
¡Niña querida, abróchate deprisa la túnica
que mi señor ya está aquí! ¡Ha regresado!

Penélope (interpretada por una criada):
Por sus cortas piernas
lo he reconocido desde lejos.

Euriclea:
¡Y yo por su cicatriz!

Penélope:
Y ahora, querida nodriza, se va a armar un
buen lío.
Cuando sepa mis pasos, ¡Odiseo me va a
descuartizar!
Mientras él con toda ninfa y beldad se acostaba, ¿qué creía?
¿Que yo a cumplir con mi deber me limi-
taría?
Mientras él a diosas y muchachas colmaba de
halagos,
¿yo tenía que esperar a secarme como una
pasa?

Euriclea:
Mientras tú fingías tejer tu famosa labor,

¡lo que hacías en realidad era trabajar en la
cama!
¡Y ahora él para decapitarte tiene motivos de
sobra!

Penélope:
¡Rápido, Anfínomo! ¡Baja por la escalera se-
creta!
Yo me quedaré aquí sentada, fingiendo con-
goja y aflicción.
¡Abróchame la túnica! ¡Arréglame la alboro-
tada cabellera!
¿Qué criadas de mis aventuras han sabido?

Euriclea:
Tan sólo las doce que te ayudaron, señora,
saben que a los pretendientes no te has re-
sistido.
Por la noche los hacían entrar y salir a escondidas,
y la lámpara en alto sostenían tras descorrer
el cortinado.
Ellas están al corriente de tus citas adúlte-
ras.
¡Hay que hacerlas callar, o acabarán por des-
cubrirte!

Penélope:
¡En ese caso, querida nodriza, tú eres la única
que salvarme puede, y salvar el honor de
Odiseo!
Como él mamó de tus pechos, ahora ancianos,

eres la única en quien confiará, estoy segura.
¡Señala a esas irresponsables y desleales muchachas,
que a hacerse con el botín ilícito a los pretendientes ayudaron;
corruptas, descaradas, indignas de ser criadas
de semejante amo!

Euriclea:
Les cerraremos el pico enviándolas al Hades:
¡por repugnantes y perversas las colgarán del
cuello!

Penélope:
Y yo me haré famosa como esposa ejemplar,
¡y todos los esposos pensarán que Odiseo es
un hombre afortunado!
Pero date prisa, que llegan los pretendientes
a cortejarme
y por mi parte debo deshacerme en llanto.

Coro, con zapatos de claqué:
¡Culpad a las criadas!
¡Esas pícaras mujerzuelas!
¡Colgadlas, no preguntéis por qué!
¡Culpad a las criadas!

¡Culpad a las esclavas,
juguetes de truhanes y granujas!
¡Colgadlas! ¡Ahorcadlas!
¡Culpad a las esclavas!

¡Culpad a las fulanas!
¡Esas zorras indecentes,
obscenas y desvergonzadas!
¡Culpad a las fulanas!

Hacen todas una reverencia.

22

Helena se da un baño

Estaba paseando entre los asfódelos, reflexionando sobre el pasado, cuando vi acercarse a Helena. La seguía su habitual horda de espíritus masculinos, todos muy excitados. Ella ni siquiera los miraba, aunque sin duda era consciente de su presencia: en lo que toca a los hombres, mi prima parece haber tenido siempre un par de antenas invisibles para percibirlos.

—Hola, Patita —me dijo con su proverbial tono afable y condescendiente—. Voy a darme un baño. ¿Te apetece venir?

—Ahora somos espíritus, Helena —repliqué, esforzándome por esbozar una sonrisa—. Los espíritus no tenemos cuerpo. No nos ensuciamos. No necesitamos bañarnos.

—Aquí y allí, yo siempre me he bañado por motivos espirituales —dijo Helena abriendo mucho sus preciosos ojos—. Lo encuentro relajante, en medio de tanta agitación... No te puedes imaginar lo agotador que resulta tener a tantísimos hombres peleándose por ti año tras año. La belleza divina es una carga tremenda. ¡Al menos tú te has ahorrado eso!

—¿Y vas a quitarte la túnica de espíritu? —pregunté sin hacer caso de la burla.

—Todos conocemos tu legendario pudor, Penélope —contestó—. Estoy segura de que si algún día te bañaras te dejarías puesta la túnica, como supongo que hacías cuando estabas viva. Por desgracia —añadió sonriendo—, el pudor no era uno de los dones que me concedió Afrodita, amante de la sonrisa: prefiero bañarme sin túnica, aunque sea en espíritu.

—Eso explica la extraordinaria multitud de admiradores que has atraído —comenté lacónicamente.

—¿Extraordinaria? —repitió ella arqueando las cejas con gesto de inocencia—. ¡Pero si siempre me sigue un tropel de admiradores! Nunca los cuento, pero el caso es que, como tantísimos murieron por mí..., bueno, por culpa mía..., siento que les debo algo.

—Aunque sólo sea un atisbo de lo que no lograron ver cuando vivían, ¿verdad?

—El deseo no muere con el cuerpo —replicó—: sólo muere la capacidad de satisfacerlo. Echar un vistazo anima a estos pobrecitos.

—Les da un motivo para vivir —dije.

—Estás muy ocurrente —observó—. Mejor tarde que nunca, supongo.

—¿A qué te refieres? ¿A mi agudeza o a tu baño en cueros como regalo para los muertos?

—¡Qué cínica eres! Que ya no estemos..., bueno, ya sabes, que ya no existamos no significa que tengamos que ser tan negativas. ¡Ni tan... vulgares! Algunas somos generosas, a algunas nos gusta ayudar en lo posible a los menos afortunados.

—Así que lo que haces es limpiarte la sangre de las manos —dije—. En sentido figurado, por supuesto. Ofrecer una compensación por todos aquellos cadáveres destrozados. No sabía que fueras capaz de sentirte culpable.

Eso la fastidió. Frunció el ceño y dijo:

—Dime, Patita, ¿a cuántos hombres se cargó Odiseo por tu culpa?

—A muchos —contesté.

Ella conocía el número exacto: siempre la había llenado de satisfacción que la cifra fuera insignificante comparada con las pirámides de cadáveres que se amontonaban a su puerta.

—Eso depende de lo que entiendas por «muchos» —puntualizó—, pero me alegro: estoy segura de que te sentiste más importante por eso. Quizá hasta te sentiste más guapa. —Sonrió falsamente—. Bueno, tengo que irme, Patita. Ya nos veremos. Disfruta de los asfódelos.

Y se alejó flotando, seguida de su embelesado séquito.

23

Odiseo y Telémaco se cargan a las criadas

Dormí durante toda la carnicería. ¿Cómo es posible? Sospecho que Euriclea puso algo en una bebida que me ofreció para así mantenerme al margen de la acción e impedir que interviniera. De todos modos, no habría podido participar: Odiseo se aseguró de que las mujeres permaneciéramos encerradas en nuestras dependencias.

Euriclea nos contó, a mí y a cualquiera que quisiera escucharla, cómo fueron los hechos. Primero, dijo, Odiseo, que todavía iba disfrazado de mendigo, observó a Telémaco colocar en fila las doce hachas y luego a los pretendientes intentar sin éxito tensar su legendario arco. A continuación cogió el arco y, tras tensarlo y disparar una flecha que atravesó el ojo de las doce hachas, ganando por segunda vez el derecho a casarse conmigo, le disparó a Antínoo en el cuello, se quitó el disfraz e hizo picadillo a todos los pretendientes, primero con flechas y luego con lanzas y espadas. Lo ayudaron Telémaco y dos sirvientes leales; con todo, fue una hazaña considerable. Los pretendientes tenían unas cuantas lanzas y espadas que les había proporcionado Melantio, el cabrero traidor, pero a la hora de la verdad no les sirvieron de nada.

Euriclea me contó que se había refugiado con el resto de las mujeres y que, desde detrás de una puerta, pudo oír los gritos, los ruidos de los muebles al romperse y los quejidos de los moribundos.

Luego contó que Odiseo la había llamado y le había ordenado que señalara a las criadas que habían sido «desleales». Entonces, mi esposo había obligado a las muchachas a arrastrar hasta el patio los cadáveres de los pretendientes, entre ellos los de sus amantes, a lavar los sesos y la sangre del suelo, y a limpiar las sillas y mesas que hubieran salido indemnes.

A continuación, prosiguió Euriclea, pidió a Telémaco que matara a las criadas con la espada, pero mi hijo había querido hacerse valer ante su padre y mostrarle que él sabía mejor que nadie qué hacer —ya sabéis, estaba en esa edad tan tonta—, y las había colgado en fila con soga de barco.

Después, añadió Euriclea sin poder disimular su satisfacción, Odiseo y Telémaco le cortaron las orejas, la nariz, las manos, los pies y los genitales a Melantio, el cabrero traidor, y se los arrojaron a los perros sin prestar oídos a los gritos del infeliz.

—Tenían que infligirle un castigo ejemplar —explicó Euriclea— para que no hubiera más defecciones.

—Pero ¿a qué criadas han colgado? —pregunté, empezando a llorar—. Ay, dioses, ¿a qué criadas han colgado?

—¡Señora, niña querida —dijo Euriclea presintiendo mi contrariedad—, Odiseo quería matarlas a todas! ¡Tuve que elegir a unas cuantas porque, de otro modo, todas habrían muerto!

—¿A cuáles elegiste? —pregunté, intentando controlar mis emociones.

—Sólo a doce —balbuceó ella—, las más impertinentes, las más groseras, las que se burlaban de mí. Melanto, la de hermosas mejillas, y sus amigas: ese grupito. Es bien sabido que eran unas rameras.

—Las que habían sido violadas —dije yo—. Las más jóvenes, las más hermosas.

«Las que me habían hecho de ojos y oídos entre los pretendientes», pensé, pero no lo dije. «Las que me habían ayudado a deshacer el sudario por las noches», no dije. Mis gansos blancos como la nieve. Mis tordos, mis palomas. ¡Fue culpa mía por no revelarle mi plan a Euriclea!

—Se les habían subido los humos. —Euriclea se defendió—. No habría sido propio del rey Odiseo permitir que unas muchachas tan insolentes continuaran sirviendo en palacio. Él nunca habría confiado en ellas. Y ahora baja, querida niña, tu esposo te está esperando.

¿Qué podía hacer? Lamentándome no conseguiría devolver la vida a aquellas pobres niñas. Me mordí la lengua. Es asombroso que todavía me quedara lengua, tras habérmela mordido durante tantísimos años.

«A lo pasado, pisado», me dije. Rezaré oraciones y haré sacrificios por sus almas, pero tendré que hacerlo en secreto a fin de que Odiseo no sospeche también de mí.

· · ·

Podría haber una explicación más siniestra. ¿Y si Euriclea estaba al corriente de que yo les había pedido a mis criadas que espiaran a los pretendientes, de que yo les había ordenado que fueran irrespetuosas y rebeldes? ¿Y si las eligió y las condenó a morir tan sólo por el resentimiento de haber sido excluida y por su deseo de conservar su privilegiada relación con Odiseo?

No he podido hablar con Euriclea de este asunto aquí abajo: se ha hecho cargo de una docena de recién nacidos difuntos y está muy ocupada cuidándolos. Por suerte para ella, esos bebés nunca crecerán. Cada vez que me acerco e intento iniciar una conversación, me contesta: «Ahora no, mi niña. ¡Lo siento, pero estoy muy ocupada! ¡Mira qué cosita tan bonita! ¡Cuchi-cuchi! ¡Agugu!»

Así que jamás sabré la verdad.

24

Coro:
Conferencia sobre antropología

Ofrecida por las criadas

¿Qué le sugiere nuestro número, el de las criadas: el número doce, a la mente cultivada? Hay doce apóstoles, doce días entre la Navidad y la Epifanía, doce meses... ¿Y qué evoca un mes en la mente cultivada? ¿Sí? Usted, señor, el del fondo. ¡Correcto! Como todo el mundo sabe, cada mes equivale aproximadamente a una lunación. Y no es casualidad, ¡claro que no!, que fuéramos doce criadas. ¿Por qué no once, ni trece, ni las ocho criadas ordeñadoras del villancico?

Porque no éramos simples criadas, no éramos meras esclavas y fregonas, ¡claro que no! ¡Seguro que teníamos una función más elevada! Quizá no fuéramos doce criadas, sino doce doncellas: las doce doncellas lunares, compañeras de Artemisa, la diosa de la luna, virginal y mortífera. Quizá fuéramos devotas sacerdotisas que celebraban un sacrificio ritual permitiéndonos primero un orgiástico rito de la fertilidad con los pretendientes y luego purificándonos con la sangre de las víctimas masculinas —muchísimas, ¡qué gran honor para la diosa!—. Quizá así renovábamos nuestra virginidad, tal como Artemisa renovaba la suya bañándose en un manantial teñido con la sangre de Acteón. Quizá enseguida nos habríamos inmolado voluntariamente porque era necesario para representar a la luna nueva y permitir que el ciclo pudiera recomenzar y que, en su momento, la plateada diosa-luna llena pudiera brillar una vez más en el cielo. ¿Por qué habría que atribuirle a Ifigenia más generosidad y devoción que a nosotras?

Esta lectura de los acontecimientos en cuestión liga —y perdón por el juego de palabras— con la soga de barco con la que nos colgaron, pues la luna creciente tiene la forma de un navío del mismo modo que la luna menguante recuerda un arco. ¡Y qué lugar prominente ocupa el arco en la historia! Odiseo utiliza el arco de Artemisa, con forma de luna menguante, para disparar una flecha que atraviesa el ojo —con forma de luna llena— de doce hachas. ¡Doce! Y el ahorcamiento en sí... ¡Piensen, queridas mentes educadas, en el significado del ahorcamiento! ¡Mientras colgábamos en el aire, un cordón umbilical, una soga proveniente de un barco, nos conectaba con las mareas gobernadas por la luna. ¡Vamos, son demasiadas pistas para eludirlas!

¿Cómo dice, señor? Usted, el del fondo. Sí, correcto, el número de meses lunares es, en efecto, trece, de modo que habríamos tenido que ser trece. Por tanto, dice usted —con cierta petulancia, podríamos añadir— que nuestra teoría sobre nosotras mismas es incorrecta porque sólo éramos doce. Pero espere: ¡en realidad, éramos trece! ¡La decimotercera era nuestra suma sacerdotisa, la encarnación de la propia Artemisa! ¡Sí, nada menos que la reina Penélope!

Así pues, posiblemente nuestra violación y posterior ahorcamiento representa el derrocamiento de un culto lunar transmitido por vía matrilineal a manos de un grupo de bárbaros usurpadores patriarcales adoradores de un dios padre. Su cabecilla, que evidentemente era Odiseo, habría reclamado la realeza casándose con la suma sacerdotisa de nuestro culto, es decir, con Penélope.

No, señor, esta teoría no es otra simple e infundada pamplina feminista. Comprendemos su reticencia a que se hable de cosas así: las violaciones y los asesinatos no son temas agradables, pero no cabe duda de que esos derrocamientos se producían por todo el mar Mediterráneo, como en numerosas ocasiones han demostrado las excavaciones de los yacimientos arqueológicos.

No cabe duda de que aquellas hachas —que curiosamente no se emplearon como armas en la posterior matanza, que curiosamente no han sido explicadas satisfactoriamente en tres mil años de comentarios— debían de ser *labrys*: hachas rituales de doble hoja asociadas con el culto minoico a la Gran Madre, ¡las hachas utilizadas para cortarle la cabeza al rey del Año al final de su reinado de trece meses lunares! ¡Qué profanación! ¡El insurrecto rey del Año utilizando el arco de la sacerdotisa para disparar una flecha a través de sus hachas rituales de la vida y la muerte y demostrar su poder sobre ella! Al igual que el pene patriarcal se encarga de disparar unilateralmente a través del... Pero nos estamos alejando del tema.

En el esquema prepatriarcal podría haberse celebrado una competición de tiro con arco, pero ésta se habría desarrollado de forma correcta: el ganador habría sido declarado rey sagrado durante un año y después lo habrían ahorcado (recuerden la figura del ahorcado, que sólo ha sobrevivido como una modesta carta del Tarot). También le habrían cortado los genitales, como corresponde al zángano que se ha apareado con la abeja reina. Ambos hechos, el ahorcamiento y la ablación de los genitales, habrían asegurado la fertilidad de los cultivos. Pero Odiseo, el forzudo usurpador, se negó a morir al final de su período legítimo: ávido de una vida y un poder más prolongados, encontró sustitutos. Se cortaron genitales, pero no fueron los suyos, sino los del cabrero Melantio. Hubo ahorcamiento, en efecto, pero fue a nosotras, las doce doncellas lunares, a las que colgaron en su lugar.

Podríamos continuar. ¿Les gustaría ver algunas vasijas pintadas, algunas tallas relacionadas con el culto a la Diosa? ¿No? No importa. Por supuesto, no queremos que nadie se ponga nervioso, queridas mentes educadas. No es necesario que piensen en nosotras como muchachas de carne y hueso, que sufrieron de verdad, que de verdad fueron víctimas de una injusticia: eso resultaría demasiado turbador. Olviden los detalles sórdidos. Considérennos puro símbolo. No somos más reales que el dinero.

25

Corazón de piedra

Iba analizando mis opciones mientras bajaba la escalera. Había fingido no dar crédito a Euriclea cuando me contó que era Odiseo quien había matado a los pretendientes. Quizá aquel hombre fuera un impostor, había sugerido; ¿cómo podía yo saber qué aspecto tenía Odiseo tras veinte años de ausencia? También me preguntaba cómo me vería él. Yo era muy joven cuando partió, y me había convertido en una mujer madura. ¿Cómo no iba a llevarse una decepción?

Decidí hacerlo esperar: al cabo, yo había esperado lo mío. Además, necesitaría tiempo para disimular mis verdaderos sentimientos con relación al desafortunado ahorcamiento de mis doce jóvenes criadas.

De modo que, cuando entré en el salón y lo vi allí sentado, no dije nada. Telémaco no perdió el tiempo: casi de inmediato se puso a regañarme por no darle una bienvenida más calurosa a su padre. Me dijo, con desdén, que tenía un corazón de piedra. Me di cuenta de que mi hijo se imaginaba un panorama alentador: ellos dos aliándose contra mí;

143

dos hombres adultos, dos gallos al mando del gallinero. Yo quería lo mejor para él, por supuesto: era mi hijo, y deseaba que tuviera éxito como líder político, como guerrero o como cualquier cosa que decidiera ser, pero en aquel momento deseé que hubiera otra guerra de Troya para poder enviarlo a combatir y quitármelo de encima. Cuando empieza a salirles barba, los chicos se ponen insoportables.

No me importaba alentar la idea de que era dura de corazón porque sabía que a Odiseo lo tranquilizaría saber que no me había arrojado a los brazos de cualquiera que hubiera aparecido asegurando ser él. De modo que lo miré con gesto inexpresivo y dije que no me creía que aquel vagabundo sucio y ensangrentado fuera el atractivo esposo que había zarpado veinte años atrás tan hermosamente vestido.

Odiseo sonrió; sin duda estaba esperando la escena dramática en la cual, echándole los brazos al cuello, yo exclamaría: «¡Pero si eras· tú! ¡Qué disfraz tan logrado!» No le quedó más que ir a darse un baño que decididamente necesitaba. Cuando volvió vestido con ropa limpia y oliendo mucho mejor que antes, no pude resistirme a atormentarlo por última vez. Ordené a Euriclea que sacara la cama del dormitorio de Odiseo y que se la preparara a aquel desconocido.

Recordaréis que una de las columnas de esa cama estaba labrada en un árbol todavía sembrado en el suelo. Los únicos que lo sabíamos éramos Odiseo, yo y mi criada espartana, Actóride, que había fallecido hacía tiempo.

Suponiendo que alguien había cortado su amada columna, Odiseo perdió los estribos. Entonces cedí y di paso a la escenita del reconocimiento. Derramé la cantidad adecuada de lágrimas, abracé a mi esposo y le dije que había pasado la prueba de la columna de la cama y que por fin podía estar segura de su identidad.

Así pues, nos metimos en el mismo lecho donde habíamos pasado tantas horas felices después de casarnos, antes de que a Helena se le ocurriera huir con Paris provocando una guerra y llevando la desolación a mi casa. Me alegré de que ya hubiera oscurecido porque en la oscuridad no se nos veían tanto las arrugas.

—Ya no somos dos polluelos —observé.

—Somos lo que somos —replicó él.

Cuando hubo pasado cierto tiempo y empezamos a sentirnos cómodos el uno con el otro, retomamos la vieja costumbre de contarnos historias. Odiseo me narró todos sus viajes y penalidades (las versiones más nobles, con monstruos y diosas, no las más sórdidas, con posaderos y rameras). Me refirió todas las mentiras que se había inventado, los nombres falsos que había adoptado —el más brillante de sus trucos fue decirle al cíclope que se llamaba Nadic, aunque más tarde lo estropeó al jactarse de su ingenio— y las fraudulentas biografías que se había atribuido para ocultar su verdadera identidad e intenciones. Yo, por mi parte, le hablé de los pretendientes, de cómo los había engatusado sutilmente y enemistado unos con otros, y del truco del sudario para Laertes.

Entonces Odiseo me aseguró que me había echado mucho de menos, y que había sentido una nostalgia grandísima incluso cuando lo rodeaban los níveos brazos de las diosas; y yo le conté cómo había llorado durante veinte años esperando su regreso, y lo perseverante y fiel que había sido, y que jamás se me había ocurrido siquiera profanar su gigantesca cama y traicionar el secreto de su fabulosa columna yaciendo con otro hombre.

Ambos éramos unos mentirosos expertos y descarados desde hacía tiempo, y no nos importaba reconocerlo. Es asombroso que nos creyéramos algo de lo que decía el otro.

Pero nos lo creímos.

O al menos eso dijimos.

Odiseo no permaneció mucho tiempo en Ítaca. Resultó que, pese a lo mucho que le dolía separarse de mí, tenía que emprender otro viaje: el espíritu del adivino Tiresias le había dicho que tenía que purificarse llevando un remo hasta un lugar tan lejano tierra adentro que la gente lo confundiera con un bieldo: sólo de ese modo podría limpiarse la sangre de los pretendientes, evitar a sus vengativos fantasmas y a sus vengativos parientes y apaciguar al dios marino Poseidón, que todavía estaba furioso con él por haber dejado ciego a su hijo el cíclope.

Era una historia creíble, pero no olvidemos que todas sus historias eran creíbles.

26

Coro:
El juicio de Odiseo, grabado
en vídeo por las criadas

ABOGADO DEFENSOR: Señoría, permítame defender la inocencia de mi cliente Odiseo, un héroe legendario de gran reputación al que se acusa de asesinato múltiple. ¿Tenía o no motivos justificados para matar con lanzas y espadas (no pretendo cuestionar la matanza en sí, ni las armas empleadas) a más de ciento veinte jóvenes de alta cuna, docena más docena menos, que, debo recalcarlo, habían estado consumiendo su comida sin su permiso, acosando a su esposa y conspirando para matar a su hijo y usurpar su trono? Mi respetado colega ha argumentado que Odiseo no tenía motivos justificados y que la matanza de aquellos jóvenes fue una reacción desproporcionada ante algo tan inofensivo como la glotonería.

También se alega que a Odiseo y/o a sus herederos o cesionarios se les había ofrecido una compensación material por los alimentos consumidos y que mi cliente tendría que haber aceptado esa compensación de forma pacífica.

147

Pero esa compensación la ofrecieron los mismos jóvenes que, pese a habérseles rogado muchas veces que enmendaran su conducta, no habían hecho nada para poner freno a su desmesurado apetito, ni por mostrar respeto a Odiseo, ni para proteger a su familia. No habían demostrado ninguna lealtad por él durante su ausencia, sino todo lo contrario. De modo que ¿hasta dónde se podía confiar en su palabra? ¿Podía un hombre razonable esperar que aquellos jóvenes llegaran a pagarle algún día uno solo de los bueyes prometidos?

Y tengamos en cuenta las probabilidades. Ciento veinte, docena más docena menos, contra uno; o, apurando, contra cuatro, porque Odiseo tenía «cómplices», cierto, como mi colega los ha llamado; es decir, tenía un familiar apenas adulto y dos criados sin formación alguna para la guerra; ¿qué iba a impedir a aquellos jóvenes fingir que llegaban a un acuerdo con Odiseo y caer sobre él una noche oscura, cuando hubiera bajado la guardia, para quitarle la vida? A nuestro modo de ver, al aprovechar la única oportunidad que le brindaba el destino, nuestro cliente Odiseo, una persona estimada por todos, sencillamente actuaba en defensa propia. Por lo tanto, le pedimos que desestime la acusación.

JUEZ: Me inclino a pensar lo mismo que usted.

ABOGADO DEFENSOR: Gracias, señoría.

JUEZ: ¿A qué viene tanto jaleo en el fondo? ¡Orden! ¡Señoras, dejen de dar espectáculo! ¡Abróchense la ropa! ¡Quítense esas sogas del cuello! ¡Siéntense!

LAS CRIADAS: ¡Se olvidan de nosotras! ¿Qué pasa con nosotras? ¡No pueden dejarlo impune! ¡Nos ahorcó a sangre fría! ¡A las doce! ¡Doce jovencitas! ¡Sin motivo!

JUEZ *(al abogado defensor)*: Ésta es una nueva acusación. Estrictamente hablando, tendría que abordarse en otro juicio pero, dado que ambos asuntos parecen estar íntimamente relacionados, estoy dispuesto a oír los cargos. ¿Qué tiene usted que decir en defensa de su cliente?

ABOGADO DEFENSOR: Mi cliente actuaba dentro de la ley, señoría: esas jóvenes eran sus esclavas.

JUEZ: De todos modos, debía de tener algún motivo para matarlas. Que fueran esclavas no significa que se las pudiera matar por simple capricho. ¿Qué habían hecho esas muchachas para merecer ser ahorcadas?

ABOGADO DEFENSOR: Habían mantenido relaciones sexuales sin permiso.

JUEZ: Mmm. Entiendo. ¿Y con quién habían tenido relaciones sexuales?

ABOGADO DEFENSOR: Con los enemigos de mi cliente, señoría. Los mismos que pretendían quitarle la esposa, si no la vida.

(Risitas entre los presentes.)

JUEZ: Por lo que veo, se trataba de unas esclavas bastante jóvenes.

ABOGADO DEFENSOR: Sí, por supuesto. Eran las más hermosas y las más apetecibles, en su mayoría.

(Las criadas ríen con amargura.)

JUEZ *(hojeando un libro:* Odisea*)*: Está escrito aquí, en este libro, un libro que hay que consultar pues es el más autorizado sobre el tema (aunque, en mi opinión, no es ni mucho menos moralmente impecable, y contiene demasiado sexo y violencia). Aquí dice... veamos, en el canto XXII... que las criadas fueron víctimas de violación... ¡a manos de los pretendientes! Y que nadie pretendió siquiera detenerlos. Que, de hecho, se las pasaban de mano en mano para satisfacer sus deseos más viles y repugnantes. Y, según consta en el libro, su cliente lo sabía. Las criadas, pues, estaban sometidas a la autoridad de alguien que, sin embargo, las dejaba indefensas; ¿me equivoco?

ABOGADO DEFENSOR: Yo no estaba allí, señoría. Todo eso se produjo unos tres mil o cuatro mil años antes de mi época.

150

JUEZ: Entiendo. Llamen a la testigo Penélope.

PENÉLOPE: Yo estaba dormida, señoría. Dormía mucho. Tan sólo puedo referirle lo que contaron después.

JUEZ: ¿Lo que contó quién?

PENÉLOPE: Las criadas, señoría.

JUEZ: ¿Contaron que las habían violado?

PENÉLOPE: Sí, señoría.

JUEZ: Y usted ¿las creyó?

PENÉLOPE: Sí, señoría. Es decir, me inclinaba a creerlas.

JUEZ: Tengo entendido que a menudo se mostraban impertinentes.

PENÉLOPE: Sí, señoría, pero...

JUEZ: Pero usted no las castigó, y ellas siguieron trabajando como criadas suyas, ¿no es cierto?

PENÉLOPE: Yo las conocía bien, señoría. Les tenía cariño. Podría decirse que a algunas las había criado yo misma. Eran como las hijas que no había tenido. *(Empieza a llorar.)* ¡Sentía tanta lástima por ellas! Pero a casi todas las criadas las violaban, tarde o temprano: era una cuestión deplorable, pero habitual en la vida de palacio. Para Odiseo, lo determinante no fue que las hubieran violado, sino que lo hubieran hecho sin permiso.

JUEZ *(riendo entre dientes)*: Disculpe, señora, pero decir que las violaron sin permiso, ¿no es una redundancia?

ABOGADO DEFENSOR: Sin permiso de su amo, señoría.

JUEZ: Ah, entiendo. Pero su amo no se encontraba allí, de modo que, en realidad, esas criadas se vieron obligadas a acostarse con los pretendientes porque, de haberse negado, las habrían violado de todos modos, y de forma mucho más violenta, ¿no es así?

ABOGADO DEFENSOR: No veo que eso tenga relación con este caso.

JUEZ: Es evidente que su cliente tampoco veía la relación. *(Risas.)* Sin embargo, su cliente vivía en otros tiempos, bajo otras normas de conducta. Sería inoportuno que este incidente, lamentable, cierto, pero de poca importancia, manchara una trayectoria por lo demás muy notable. Por otro lado, no quisiera caer en el anacronismo, así que debo desestimar la acusación.

LAS CRIADAS: ¡Exigimos justicia! ¡Exigimos un castigo! ¡Invocamos la ley de los delitos de sangre! ¡Apelamos a las Furias!

(Aparece un grupo de doce Erinias. Tienen serpientes en lugar de cabello, cabeza de perro y alas de murciélago. Olfatean el aire.)

LAS CRIADAS: ¡Oh, Furias; oh, Euménides, vosotras sois nuestra última esperanza! ¡Os suplicamos que inflijáis el castigo y la justa venganza! ¡Sed nuestras defensoras, ya que nadie nos defendió cuando estábamos vivas! ¡Seguid el rastro de Odiseo allá adonde vaya! ¡Perseguidlo de un sitio a otro, de una vida a otra, aunque se disfrace, aunque adopte otras formas! ¡Pisadle los talones en la tierra o en el Hades, dondequiera que busque refugio, en canciones y en obras de teatro, en libros y en tesis, en notas al margen y en apéndices! ¡Apareceos ante él bajo nuestra forma, nuestra arruinada forma, la de nuestros lamentables cadáveres! ¡No lo dejéis descansar ni un momento!

(Las Erinias se vuelven hacia Odiseo. Sus ojos emiten rojos destellos.)

ABOGADO DEFENSOR: ¡Apelo a Palas Atenea, la diosa de glaucos ojos, hija inmortal de Zeus, para que defienda el derecho de propiedad y el derecho de un hombre a ser señor de su propia casa, y para que se lleve de aquí a mi cliente en una nube!

JUEZ: ¿Qué está pasando aquí? ¡Orden! ¡Orden! ¡Esto es un tribunal de justicia del siglo XXI! ¡Usted, baje del techo! ¡Deje de ladrar y silbar! ¡Señora, tápese el pecho y guarde su lanza! ¿De dónde ha salido esa nube? ¿Dónde está la policía? ¿Dónde está el acusado? ¿Adónde han ido todos?

27

Una vida hogareña en el Hades

La otra noche estuve fisgando en vuestro mundo a través de los ojos de una vidente que había entrado en trance. Su cliente quería ponerse en contacto con su difunto novio para preguntarle si debía vender su condominio, pero en lugar de él aparecí yo. Cuando se presenta una oportunidad, suelo aprovecharla: las ocasiones de salir no son tantas como me gustaría.

No pretendo menospreciar a mis anfitriones, por llamarlos de algún modo; sin embargo, es asombroso que los vivos no hayan dejado de darles la lata a los muertos. Pasan los siglos, los métodos cambian, pero ese hecho fundamental permanece. No puedo decir que eche de menos a las sibilas, con sus ramas doradas: solían arrastrar a toda clase de arribistas hasta aquí y luego los llevaban de un lado a otro mientras molestaban a las sombras haciéndoles preguntas sobre el futuro, pero al menos ellas tenían buenos modales. Los magos y adivinos que vinieron después eran peores, aunque en su favor habría que decir que al menos se tomaban las cosas en serio.

En cambio, la gente de hoy en día es tan frívola que no se merece siquiera que le prestemos atención. Preguntan sobre el mercado de valores, sobre política mundial, sobre sus propios problemas de salud y estupideces por el estilo; y por si fuera poco, quieren conversar con un montón de difuntos insignificantes a los aquí no conoce nadie. ¿Quién es esa Marilyn a la que tanto admiran? ¿Quién ese tal Adolf? Perder el tiempo con esa gente es desperdiciar la energía, y resulta exasperante.

Sin embargo, tan sólo escrutando por el ojo de estas estrechísimas cerraduras puedo seguirle la pista a Odiseo cuando no está aquí en el Hades, bajo el aspecto que me resulta más familiar.

Supongo que ya conocéis las normas: si queremos, podemos volver a nacer y probar suerte de nuevo en la vida; pero primero tenemos que beber de las Aguas del Olvido para que nuestras vidas pasadas se borren de nuestra memoria. Ésa es la teoría; aunque, como todas las teorías, no es más que eso. Las Aguas del Olvido no siempre funcionan como deberían. Mucha gente lo recuerda todo. Algunos dicen que hay distintos tipos de aguas y que, de hecho, también se pueden conseguir Aguas de la Memoria. No sé si es verdad.

Helena ha hecho unas cuantas excursiones —así las llama ella: «mis pequeñas excursiones»—. Cuando me cuenta, siempre empieza diciendo: «Me lo he pasado genial», y enseguida me describe con todo detalle sus últimas conquistas y me pone al día de los cambios en la moda. A través de ella me enteré de lo de los lunares, las sombrillas, los miriñaques, los zapatos de tacón, las fajas, los biquinis, los ejercicios de aeróbic, los *piercings* y las liposucciones. Luego suele soltarme un discurso sobre lo pícara que ha sido y el alboroto que ha causado y a cuántos hombres ha arruinado la vida: le encanta decir que por su causa han caído imperios.

—Tengo entendido que la interpretación de todo el episodio de la guerra de Troya ha cambiado —le comenté en una ocasión para bajarle un poco los humos—. Ahora piensan que no eras más que un mito: que la guerra tuvo que ver con no sé qué rutas comerciales. Al menos eso afirman los eruditos.

—Ay, Penélope, no puedo creer que sigas estando celosa —me contestó—. ¡Ahora podemos ser amigas! ¿Por qué no vienes conmigo al mundo de los vivos la próxima vez? Podríamos ir a Las Vegas y corrernos una juerga. Huy, se me olvidaba que ése no es tu estilo: tú prefieres hacerte la esposa fiel, tejer sudarios y esas cosas. Lo siento, pero yo no podría ser como tú: me moriría de aburrimiento. En cambio, tú siempre fuiste muy hogareña.

Tiene razón. Nunca beberé de las Aguas del Olvido. No le veo la gracia. Mejor dicho: se la veo, pero no quiero correr ese riesgo. Mi vida pasada estuvo llena de dificultades, ¿quién me asegura que la siguiente no vaya a ser peor? Pese a que sólo tengo un acceso limitado, veo que el mundo sigue igual de peligroso que en mi época, sólo que ha aumentado la magnitud de la desgracia y el sufrimiento. Respecto a la naturaleza de las personas, son más patéticas que nunca.

157

. . .

Nada de eso supone un impedimento para Odiseo. Se pasa por aquí, hace ver que se alegra de verme, me asegura que lo único que él deseaba era llevar una vida hogareña conmigo, sin importar las deslumbrantes bellezas con que se acostaba ni las descabelladas aventuras en que se veía envuelto. Damos un paseo tranquilo, picoteamos unos asfódelos, nos contamos viejas anécdotas; él me trae noticias de Telémaco —ahora es diputado, ¡estoy muy orgullosa de él!—, y luego, precisamente cuando empiezo a relajarme, cuando empiezo a pensar que podré perdonarlo por todo lo que me hizo pasar y aceptarlo con todos sus defectos, cuando empiezo a creer que esta vez me lo dice en serio, vuelve a las andadas y va derechito al río Leteo para beber de sus aguas y volver a nacer.

Estoy convencida de que me lo dice en serio: quiere estar conmigo. Me lo repite llorando. Pero una misteriosa fuerza nos separa.

Son las criadas. Odiseo las ve venir a lo lejos. Lo trastornan, lo ponen nervioso. Le hacen daño. Hacen que desee estar en otro sitio y ser otra persona.

Ha sido un general francés, un invasor mongol, un magnate americano, un cazador de cabezas en Borneo. Ha sido estrella de cine, inventor, publicista, pero siempre ha acabado mal, con un suicidio, un accidente, una muerte en combate o un asesinato, y siempre ha vuelto aquí una vez más.

—¡¿Por qué no lo dejáis en paz?!— les grito a las criadas. Tengo que gritar porque no dejan que me acerque—. Ya basta. ¡Ha hecho penitencia, ha rezado, se ha purificado!

—Para nosotras no basta —me contestan.

—¡¿Qué más queréis de él?! —les pregunto a voz en grito—. ¡Decídmelo!

Pero ellas salen corriendo.

Aunque «corriendo» no es la palabra adecuada: sus piernas no se mueven; sus pies, que todavía se agitan, no tocan el suelo.

28

Coro:
Te seguimos (canción de amor)

¡Eh! ¡Señor Nadie! ¡Señor Sin Nombre! ¡Señor Maestro del Ilusionismo! ¡Señor Prestidigitador, nieto de ladrones y mentirosos!

Nosotras, las que no tenemos nombre, también estamos aquí. Las otras sin nombre. Aquellas sobre las cuales, por culpa de otros, recayó la vergüenza. Las señaladas, las marcadas.

Las sirvientas, las mozas de mejillas sonrosadas, las niñas risueñas y picaronas, las muchachas frívolas y descaradas, las jóvenes limpiadoras de sangre.

Somos doce. Doce traseros tan redondos como la luna, doce bocas suculentas, veinticuatro pechos mullidos como almohadas de plumas y, lo mejor de todo, veinticuatro pies que no dejan de agitarse.

¿Te acuerdas de nosotras? ¡Claro que sí! Nosotras te llevamos el agua para que te lavaras las manos, te lavamos los pies, te lavamos la ropa, te ungimos la cabeza con aceite, nos reímos de tus chistes, molimos tus granos, te hicimos la cama.

Tú nos agarraste, nos ahorcaste, nos dejaste colgando como ropa tendida. ¡Qué violentos espasmos!

¡Qué patadas! Pero tú te sentías virtuoso, orgulloso, purificado, libre por fin de esas criadas rellenitas, jóvenes y cochinas que tenías metidas en la cabeza!

Deberías habernos hecho un funeral adecuado. Vertido vino sobre nuestras tumbas. Deberías haber rezado para que te perdonáramos.

Así que ahora no puedes librarte de nosotras, no importa a donde vayas: ni en vida ni después de la vida en todas las vidas posibles.

Descubrimos todos tus disfraces; bajo la luz o en las sombras, vayas por el camino que vayas, vamos siempre tras de ti, te seguimos como un hilo de humo, como una larga cola, una cola hecha de muchachas, pesada como la memoria, liviana como el aire. Doce acusaciones. Con las puntas de los pies rozando apenas el suelo, las manos atadas a la espalda, la lengua fuera, los ojos salidos de las órbitas, las canciones atascadas en la garganta.

¿Por qué nos mataste? ¿Qué te habíamos hecho que no te dejara otra opción que matarnos? Nunca nos has respondido.

¿Fue por resentimiento? ¿Por despecho? ¿Fue un crimen de honor?

¡Eh, señor Meditabundo, señor Bondadoso, señor Divino, señor Juez! ¡Mira a tu espalda! Estamos aquí, siguiendo tus pasos; cerca, muy cerca, tan cerca como un beso, tan cerca como tu propia piel.

Somos las criadas: estamos aquí para servirte, estamos aquí porque te lo mereces. Nunca te abandonaremos; iremos siempre contigo, como tu sombra; tan incansables como el pegamento. Doce hermosas doncellas, todas en fila.

29

Envío

no teníamos voz
no teníamos nombre
ni tampoco elección
teníamos sólo una cara
una para las doce

injustamente
cargamos con la culpa
pero ahora
también estamos aquí
igual que tú

y te seguimos
y te buscamos
y te llamamos
eh, tú
tan tú, tan tú

uh-uh
uh-uh

Las criadas, dejando unas plumas en el aire, se alejan volando convertidas en lechuzas.

Notas

La fuente principal de este libro fue la *Odisea* de Homero, pero también ha sido fundamental *Los mitos griegos* de Robert Graves: la información acerca de la ascendencia de Penélope, sus parentescos —Helena de Troya era prima suya— y muchas cosas más, entre ellas las leyendas sobre su posible infidelidad, se encuentran en ese libro (véanse especialmente los apartados 160 y 171).

También debo a Graves la teoría de que Penélope pudo haber sido sacerdotisa del culto a una deidad femenina: la Gran Madre. (Extrañamente, sin embargo, él no concede ninguna importancia a los números doce y trece en relación con las desafortunadas criadas.)

Graves lista numerosas fuentes para todas esas historias y sus variantes, entre otras Herodoto, Pausanias, Apolodoro e Higinio.

Los himnos homéricos también me fueron de gran utilidad —sobre todo con relación al dios Hermes—, y *Trickster Makes This World* [El pícaro hace el mundo] de Lewis Hyde me ayudó a comprender mejor el personaje de Odiseo.

El coro de las criadas es un homenaje a los coros de teatro clásico. La costumbre de dar una versión burlesca de la acción principal surgió en las obras satíricas antes que en la tragedia.

Agradecimientos

Quiero dar las gracias a los primeros lectores de mi libro: Graeme Gibson, Jess Gibson, Ramsay y Eleanor Cook, Phyllida Lloyd, Jennifer Osti-Fonseca, Surya Bhattacharya y John Cullen; a mis agentes británicas, Vivienne Schuster y Diana McKay, y a mi agente estadounidense, Phoebe Larmore; a Louise Dennys de Knopf Canada, que revisó el texto con *esprit*; a Heather Sangster, la reina del punto y coma, y a Arnulf Conradi, que me iluminó desde lejos; a Sarah Cooper y Michael Bradley, por su apoyo y por comer conmigo; a Coleen Quinn, que me mantiene en forma; a Gene Goldberg, la lengua más veloz hablando por teléfono; a Eileen Allen y a Melinda Dabaay, y a Arthur Gelgoot Associates. Y también a Jamie Byng, de Canongate, que apareció por detrás de una mata de aulaga en Escocia y me convenció.

Contenido